フィーバー5《ファイヴ》

木下半太

ハルキ文庫

角川春樹事務所

本書はハルキ文庫の書き下ろし小説です。

フィーバー5《ファイヴ》

君が悪い道に進んで悲しい。
でも、進む道は自分で決めたほうがいい。
できれば正しいほうへ……。
映画『ミッション：インポッシブル』トム・クルーズの台詞より

1

「誰の目の前にも大きな壁があるわ。たしかにあなたの壁は人より高くて分厚いのかもしれない。でもね、その壁を壊すのはあなたしか……」

清子《きよこ》は、ため息とともに劇団『プリティ・ママ』の第七回公演の台本を閉じた。

どんだけ陳腐な台詞《せりふ》やねん。

公演初日は二週間後に迫っているのに、まったく頭に入って来ない。前回の台本もかなりひどかったが、今回は最悪だ。作・演を務める座長がスランプにはまっているのがありありと伝わってくる。

もう一度、ため息をつこうとして、無理やり飲み込んだ。

あかん。幸せが逃げる。今日、チャンスをものにするんやから。

口角を上げて、相手に好感を与える表情を作る。この世には自然に笑顔を作れる人間と普通にしていても「怒ってる？」と訊《き》かれる人間がいる。清子は後者なので笑顔のトレーニングを欠かさない。

それにしても……狭すぎやろ。

清子は、今、自分がいる場所を見渡した。

東京都港区にあるテレビ局の楽屋。いや、鏡もないこの部屋を楽屋とは呼べない。小さな会議室をあてがわれただけだ。

L字に並べられた長机が二つに、パイプ椅子が四つ。薄汚れたホワイトボードが一つ。白色だったであろう壁には黄色いヤニがこびりついている。窓もない。

狭いし、臭いし、ちょっとした独房やん。

長机の上には宅配の弁当が四つとお茶のペットボトルが四本並んでいるが、食欲はゼロだ。たとえ、食欲が湧いたとしてもダイエット中の清子がカロリー爆弾のロケ弁を食べるわけにはいかないのだが。

ノックもなくドアが開き、中年の女が無言で入ってきた。肌が浅黒く小柄で、手にモップを持っている。制服からして、清掃のおばさんだ。

「あの……ここを楽屋として使えと言われたんですけど……」

清子が言い終わらないうちに、清掃のおばさんがプイッと背中を向けて部屋を出て行く。

めっちゃ、失礼な態度やん！　部屋を間違えたのはそっちやのに！

キレそうになったが、こめかみを揉《も》んで冷静さを取り戻す。

……やるしかないねん。今日の収録も。二週間後の本公演も。

清子は気を取り直し、筆箱から緑の蛍光ペンを取り出した。台本を広げ、自分の台詞の上に線を引いていく。

この作業が好きだ。自分の台詞が共演者よりも多いと存在価値が高いと認められた気持ちになる。

しばらくして、ドアがノックされた。

「失礼します」

薄いブルーのジャケットを羽織った男が部屋に入ってきた。やたらと背が高く、爽やかなイケメンである。

「清子？」

男が顔を輝かせて言った。

「……マモル？」

懐かしさが胸いっぱいに広がり、過去の記憶が一気にフラッシュバックした。

スタジオでのレッスン。汗と涙。スポットライト。歓声と拍手……。

「元気にしてたのかよ」

マモルの笑顔は眩《まぶ》しい。あの頃と何も変わっていない。

「めっちゃ、久しぶりやん！」清子は椅子から立ち上がり、マモルに駆け寄って自然とハグをした。「て、いうか、デカなってない？」

「うん。中学のときに、急激に背が伸びたからね」

「身長、何センチ？」

「百八十七」

「伸び過ぎやって！　マモル、メンバーの中で一番背が小さかったのに！」

「顔は変わってないだろ」

マモルが頬を指し、ニッコリと笑った。トレードマークだったえくぼが残っている。

「うん。だから余計に違和感あるねん。アイコラみたいで気持ちわるいわあ。とりあえず、座りいや」

清子は自分の隣のパイプ椅子を引いた。

「俺たちの衣装は？」

マモルが座りながら、部屋を見渡す。

「別の部屋に用意してるねんて。全員、揃《そろ》ったら呼んでくださいって、お弁当持ってきたＡＤに言われた」

着替えたくてもスペースがない。局からすれば楽屋ではなく、控室程度の認識なのだ。

「なるほどね」

マモルは笑顔のままで、待遇の悪さをさほど気にしていない様子だ。

短い沈黙。何から話せばいいかわからなくて、ぎこちない空気が流れる。

「なんか、変な感じやね」

「二十年ぶりだもんな。《フィーバー5》が全員揃うのは……。ミドリの大活躍は知ってるけど、他の二人とはまったく会ってないし」

「ウチも。連絡すら取ってへん」

「太郎とエンジェル、今、仕事は何やってんのかな？」

マモルが目を細めた。清子と同じで過去が蘇《よみがえ》っているのだろう。

「何やってるんやろうね。太郎は地味キャラやったけど、賢かったからＩＴ系とかちやう？」

「ありえるね。エンジェルは？」

マモルが優しく相槌《あいづち》を打つ。物腰の柔らかさに清子は少し驚いた。

……大人になってるやん。

否《いや》が応でも時間の経過を感じる。懐かしさだけでは済まされない現実に胸が苦しくなってきた。三十歳になって思い知らされた、時間ほど残酷なものはないのだと。

「エンジェルは……あんだけ可愛《かわい》いかったから、とんでもなく男前になってそうやけど」

「ホストとか？」

「やめてや！」

日焼けサロンで自ら色を黒くする連中は苦手だ。あのエンジェルが、そっち側の人種になっていたら心底がっかりする。

「清子、エンジェルのこと好きだったもんな」

マモルがニヤニヤして言った。からかい方も二十年前と同じだ。

「だから、やめてって！　ウチの大切な初恋やねんから。お茶飲みや」

話を終わらせるために、ペットボトルのお茶を強引にマモルに渡した。

あのころは、エンジェルに会うために仕事をしていたようなものだ。エンジェルがいたから辛《つら》いダンスのレッスンにも耐えられた。

エンジェルはまさに天使のような少年だった。透きとおるような肌に中性的なルックスと謎めいた笑みに、清子だけでなく、全国のお茶の間の少女たちもノックアウトされた。衣装で天使の羽をつけても何ら違和感がないのは、あとにも先にもエンジェルこと、広瀬翼《ひろせつばさ》しか清子は知らなかった。

「おう。センキュー」マモルがペットボトルを受け取り、鮮やかな手つきで蓋を開ける。「清子も、その喋《しゃべ》り方は変わってないな」

「大阪弁？」

「今、どこに住んでるの？」

「東京やで。下北沢」

「えっ、そうなんだ」

「《フィーバー5》が解散になってから、いっぺん家族と一緒に大阪に戻ってんけど、七年前に上京してきてん」

「今、何やってんの？」

「舞台女優」

　気恥ずかしさに耳が熱くなる。でも、嘘《うそ》ではない。

「マジで？」マモルが目を丸くして身を乗り出し、長机の上の台本に気づいた。「もしかして、それが台本？」

「うん。再来週が本番やねん」

「観《み》に行くよ。チケットまだある？」

「ごめん。もう完売してん」

嘘だ。席は余りまくって、劇団員たちはノルマにヒイヒイ言っている。

「凄《すご》いじゃん。どんな作品に出るの？」

「オリジナル。才能ある作家がいて……」

これも嘘だ。座長には才能の欠片《かけら》もない。

なのに、どうしていつまでも劇団に所属しているのか？　何度も自分に問いかけてはいるが答えは変わらない。

この劇団にいれば、台詞の多い役があるから……。

悲しいけど、事実だ。

「当然、主役なんだろ？」

マモルの無邪気な顔に、胸が痛くなる。

「当たり前やんか」

悟られないように笑顔を作ったが、頬の筋肉が引き攣《つ》った。

「だよな。《フィーバー5》の桃谷《ももたに》清子だもん。映画とかテレビには出ないの？」

「そっちの方にはあんまし興味ないねん」

興味があるに決まっている。毎月、なんかしらのオーディションを受けているがすべて書類審査で落とされていた。力のある芸能事務所に所属していなければ、《フィーバー5》の肩書なんて何の意味もないのだ。

清子に足りないものは圧倒的な美貌と運だ。その二つがあればとっくの昔に売れているはずだ。

キッズアイドルグループの《フィーバー5》は紛れもなくスターだった。どこに行っても笑顔を振りまけば熱狂に包まれていた。新曲を出せばオリコンで一位、音楽番組も毎週のように呼ばれ、アイドル雑誌の表紙の常連だった。

今の清子はどうだ？　誰にも求められていない。

「清子も映画に出ればいいのに」

マモルは無邪気だけどしつこい。思い出した。こいつはちょっと天然ボケなところがあった。

「だって、出たいと思ういい作品がほとんどないねんもん。ミドリが主演の映画観た？」

清子は無理やり話題を変えた。これ以上、自分を詮索されたくない。

「いつのやつ？」

「去年の夏のやん。ジャニーズの子と共演したの」

「ああ！　『黄金の銃を持つ女』か。もちろん、観たよ」

　マモルが目をキラキラとさせて手を打つ。

「全然、おもんなかったやろ?」

「そうかな、俺はそれなりに楽しめたけど」

「どこがよ」

　清子は、大げさにため息をついた。これは演技だから幸せは逃げない。神様も許してくれるはずだ。

「だって、ミドリが女スパイの役でカッコ良かったし……」

「めっちゃ、演技下手くそやったやん。あんなスパイが実在すると思う?　リアリティー、ゼロやんか」

「本物のスパイに会ったことないからわかんないよ」

「脚本もいけてへんかったし」

「ハラハラドキドキしたけどなあ」

　マモルからすれば、素直に楽しめる娯楽映画だったのだろう。それが余計に腹だたしい。現に『黄金の銃を持つ女』は大ヒットして、続編の制作も噂《うわさ》されている。

清子は嫉妬が表に出ないように注意しつつ、さらに大げさにため息をついた。

「どこがよ。思いっきり『ミッション：インポッシブル』のパクリやんか」

「清子、『ミッション：インポッシブル』が嫌いなの？」

「あの映画は好きや」

「じゃあ、ミドリの映画も面白く感じるはずだろ？」

「トム・クルーズが出てへんやん。トム・クルーズやから、ありえへんアクションをやっても許されるんやろ。あの映画でミドリが六本木ヒルズをよじ登ってるの見て、どう思った？」

「すげえなあって」

少年のような憎めない笑顔に、どうしても苛《いら》ついてしまう。

「そんな素人みたいな意見やめてや」

「だって、俺、今は一般人だもん」

重い空気になった。ムキになった自分が恥ずかしい。

そして、昔同じチームだったメンバーの活躍を純粋に応援しているマモルにムカついた。

悔しくないの？　うちはめっちゃ悔しい。テレビや街の広告でミドリの顔を見るたびに、その日の夜は眠れへんくなるのに……。

「マモル、仕事は何やってんの？」

清子は溢《あふ》れ出る負の感情を抑えて訊いた。

「ダーツバーの店長」

「そうなんや。店長って凄いやん」

「給料は安いんだけどな」

マモルが肩をすくめる。

この愛嬌《あいきょう》だと店の客にも人気があるだろう。店長を任されるのも頷《うなず》ける。

「お店はどこにあるん？」

「地元だよ」

「地元どこやったけ？」

「川崎。今度、遊びに来てよ。俺、毎日、入ってるからさ」

「ショップカードとかないの？」

「あるよ」マモルが自分のセカンドバッグからショップカードを出して清子に渡した。

「十九時から二時ぐらいまでやってるから」

カードには安い印刷で《ダーツバー&カフェ　コラテラル》と書かれている。デザインもいかにも〝夜の店〟といった感じだ。

「へーえ。あの泣き虫のマモルがダーツバーやるとは思わんかったわ」

今度は清子がからかう番だ。ミドリのことさえ考えなければ久しぶりの会話は楽しい。

「何だよ。俺、そんなに泣いてた？」

「泣いてたよ。ダンスの稽古とか振付覚えられんくて、振付のコーチに怒られてワンワン号泣してたやんか」

「そうだっけ。二十年前のことよく覚えてるよなあ」

マモルが照れ臭そうに頭を掻《か》く。

「覚えてるに決まってるやん。て、いうか、マモルってダーツ投げれるの？」

清子がさらにからかった。このいじられキャラも天性のものだろう。マモルはバーテンダーが天職なのかもしれない。

「おいおい、馬鹿にすんなよ。こう見えても全国二位だってば」

「えっ？　ダーツの？」

「そう」

マモルがムキになり、ダーツを投げる仕草をして答える。なかなか様になっているフォームだ。

「へーえ」

一応、驚いた顔を作った。

「びっくりした？」

「そんな大会があることに驚きやわ」

「あるよ。世界大会まであるんだからさ」

「へーえ」

同じ顔と同じ声のトーンで返す。世界大会と言われても規模が想像できなくてピンとこない。

「あんまり興味ないだろ」

「あ、あるよ」

「じゃあ、俺のダーツセット見る？」

マモルがセカンドバッグからダーツセットとやらを取りだそうとする。

「別に出さんでもええって」

「ほら、やっぱり興味ないんだ」

「てか、何で、ダーツなんて持ち歩いてんの」

「いつでも練習できるようにだよ」

「そこまですんの？」

「そこまでしないと日本で二位にはなれないの」

「凄い世界やね」

素直に感心した。どんなジャンルであろうとも日本で二番目の位置に立てるのは凄い。

「これが俺の相棒」

マモルが得意げにダーツを一本取り出した。見るからに使い込まれている。

なんか幸せそうやなあ……それに比べてウチは……。

活《い》き活《い》きとしているマモルを見て、胸の奥がざわついた。《フィーバー5》の元メンバーのささやかな成功にすら嫉妬してしまう自分に辟易《へきえき》する。

そのとき、ドアの外から声が響いた。

「失礼します。入ります」

中年の男のダミ声に、清子とマモルは顔を見合わせた。

「ドアを開けてもよろしいでしょうか？」

馬鹿丁寧で堅苦しいのが声から伝わってくる。

「ど、どうぞ」

マモルが戸惑いながらも立ち上がり、返事をした。

ドアが勢いよく開いた。太鼓腹で頭頂部が見事に禿《は》げ上がったメガネの男が仁王立ちでこちらを見ている。

誰やねん……このおっさん。

グレーのスーツになぜか手ぶらだ。額には汗、ネクタイはだらしなく緩み、安っぽい革靴は汚れている。初対面で失礼だが、すべてがむさ苦しい。

「スタッフさんかな?」

マモルが小声で清子に耳打ちした。

「すいません、まだ全員揃ってないんです」

清子は立ち上がり、丁寧に男に言った。この風格はもしかするとプロデューサーかもしれない。

「僕だよ」

男が嬉《うれ》しそうな顔で言った。だが、その笑顔はとても不気味だ。たとえるなら、ナルシストのガマ蛙といったところか。

清子とマモルはどう反応していいかわからず、愛想笑いのまま固まった。

「僕だってば」

男がさらに笑顔になり、不気味さも増す。

「知り合い？」

マモルが、もう一度、清子に耳打ちする。

「あの……どこかでお会いしました？」

清子は、おずおずと訊いた。こんなインパクトのあるおじさんと会えば、必ず覚えているはずだ。

「エンジェルだよ」

男が、両腕をダイナミックに広げる。その拍子に太鼓腹がぷるんと揺れた。

2

な、何言ってんねん……このおっさん……。

状況が理解できない。冗談だとしたら質《たち》が悪過ぎるし、全然面白くない。

マモルが唾をゴクリと飲み込み、訊いた。

「エンジェルって、あのエンジェル？」

「他にエンジェルがいるかよ」

「本当に……エンジェル？」

「しつこいぞ。何度も言わせるなって。正真正銘、《フィーバー5》のエンジェルこと広瀬翼だ」

男……エンジェルが腹を叩《たた》きながら部屋に入ってきた。ポンポンと小気味のいい音が響き渡る。

このおっさんが……エンジェル？　あれだけ可愛かったエンジェル成分がどこにもないやんか……。

清子はショックのあまり倒れそうになった。

「だ、大丈夫か？」

マモルが咄嗟《とつさ》に支えてくれる。

ヤバかった。マモルがいなければ間違いなく床で頭を打って脳震盪《のうしんとう》を起こしていた。

「貧血？　鉄分取ってないのか？」

エンジェルが呑気《のんき》な声で訊く。

「エンジェル……お前、変わったな」

マモルが清子をパイプ椅子に座らせながら言った。

「そうかな?」エンジェルが、長机に置かれている弁当に気づいて血相を変える。

「まさか、もう弁当食ったのか!」

「食ってへんわ」

清子が呆《あき》れて言った。

「おい、シュウマイを食べてないだろうな? 触ってないだろうな!」

「だから、ひと口も食べてないって。てか、エンジェル……変わり過ぎやろ」

ショックのあまり、目の奥でチカチカと火花が散る。二十年間会っていなかったとはいえ、当時の面影は微塵もない。

「そういう君たちも、大人になったなあ」

「おっさんになり過ぎやし!」

「あ、これ?」エンジェルが照れ臭そうに立派に禿げている頭を撫《な》でた。「色々、あってさ」

容赦なく、脂ギッシュな汗が飛び散る。

「何があったら、それほどまでに変化できんのよ」

勝手に涙がこぼれそうになる。今すぐ下北沢のワンルームに帰ってベッドに潜って大泣きしたい。

「ま、まるで別人みたいだぞ……」

マモルも衝撃を受けて、瞼《まぶた》を何度も瞬《しばた》かせた。

「二十年も経《た》ったんだから、少しぐらい変わるだろ」

エンジェルが太い指で黒縁のメガネをずり上げる。

「少しちゃうやろ！　ウチの思い出返せ！」

清子は、我慢できずに長机を拳で叩いた。

「な、何だよ、思い出って？　藪《やぶ》から棒だぞ」

言葉遣いまでおっさん臭い。

「まあ、いいから座れよ、エンジェル」

マモルがパイプ椅子を勧めた。だが、腰が引けていて、猛獣の世話をする新米飼育係みたいになっている。

「なんだよ……ったく」

エンジェルが、不服そうに座る。感情を隠そうともしない。外見はおっさんそのものなのに中身はガキのままなのか。

清子とマモルは並んで座り、エンジェルはL字の端に座った。ちょうど、斜めで向かい合う形だ。

時間は残酷やけど……これはエグ過ぎやって。

清子は涙を堪《こら》えて、ペットボトルのお茶を取り、ガブ飲みした。

「ヤケ飲みはやめろって」

マモルが優しく窘《たしな》める。

「もっと、感動の再会になると思ってたのに……」

エンジェルはまだブツブツと文句を垂れている。

「衝撃の再会になっちゃったね」

マモルが場の雰囲気を盛り上げようとして、おどけてみせた。

収録が終わったら、絶対に飲む。下北沢の行きつけの居酒屋で潰れるまで冷酒を飲んでやる。

清子は酒飲みのように手の甲で口を拭った。

「ぐふふっ……」

突然、エンジェルがくぐもった声で笑う。車に轢《ひ》かれたガマ蛙《がえる》みたいな顔と声だ。

「何笑ってんねん、気持ち悪い」

「やっぱり懐かしいや。二人は今、何してんの？」

エンジェルが長机に両手で頬杖《ほおづえ》をついて、短い足をブラブラさせた。昔のエンジェルなら最高に可愛い仕草も、おっさんがやると殺意しか湧かない。

「俺はダーツバーの店長。清子は女優だよ」

マモルが意気揚々と答える。

「舞台女優やって」

清子は慌てて訂正した。テレビや映画に出ていないことをこんなおっさんに突っ込まれたくないからだ。

「本当か、すげえ！　今度、公演を観に行くよ。楽しみだなあ」

エンジェルが自分のことのように喜んだ。白々しくないのがイラッとくる。

「来なくてええよ」

清子はぶっきらぼうに言った。

「何だよ、冷たいなあ」

エンジェルが口を尖《とが》らせる。おっさんの拗《す》ねた顔ほど見苦しいものはない。

「まあまあ。清子は収録前で気が立ってるだけだからさ」

マモルは宥《なだ》めるのが上手《うま》い。さすがバーテンダーだ。

「マモルがダーツバーかよ？　似合わないなあ」

気を取り直したエンジェルが訊いた。

「あんたには言われたくないやろ」

清子はまだ思い出を汚された怒りが治まらない。目の前のおっさんに賠償金を支払って欲しいぐらいだ。

「まあまあ、清子。眉間に皺《しわ》が寄り過ぎるとせっかくの美人がもったいないぞ」マモルが清子の肩を擦《さす》った。「ところでエンジェルは何やってんの？」

「僕のことはいいじゃない」

エンジェルが急に真顔になった。

「えっ？　教えろよ」

「僕の仕事の話はいいじゃない」

打って変わって気まずい空気が部屋を支配した。エンジェルは死んだ魚のような目になっている。

「人に言えない仕事なん？」

清子が恐る恐る訊いた。

「そういうわけじゃないけど」

エンジェルが素っ気なく答える。この話題に触れてくれるなというオーラが全身から滲《にじ》み出ているではないか。

「まさか、ＡＶ男優とか？」

相変わらず天然ボケなマモルが訊いた。

返事を待ったが、エンジェルは地蔵みたいに微動だにしない。

なんなんよ、この間は……マジでＡＶ男優やってんの？

こんなおっさん男優に需要があるのだろうか。いや、マニアックなジャンルであればありなのか。

眉ひとつ動かさなかったエンジェルが、唐突にニカッと笑った。

「そんなわけないだろ」

「びっくりさせんなよ！」

マモルがホッとした表情を浮かべる。もし、本当にエンジェルがＡＶ男優だったら、男のマモルはいつかＤＶＤの中で遭遇するかもしれないから、その焦りは半端なかったであろう。

昔、同じアイドルチームだったメンバーがＡＶ男優。ありえなくはないが、笑えない話だ。

「変な間を作らんとってや」

清子はエンジェルを睨《にら》みつけた。職業差別は清子も反対だが、元メンバーが想像もつかない仕事に就いていたとき、どういう対応を取ればいいのだろう。

「ところで、太郎は？」

エンジェルがわかりやすく話を逸《そ》らす。

「まだだよ。もうそろそろ来るはずだと思うけど」

マモルが答えたが、エンジェルの視線は長机の上の弁当に注がれていた。見ればすぐにわかるのに数えている。

「四つしかないけど。一つ食べたの？」

エンジェルがムッとした声で訊いた。

「元から四つしか用意されてないよ」

マモルが親切に答える。

「どうして？《フィーバー5》は五人なのに」

「ミドリとウチらが同じ楽屋なわけないやん」

清子は呆れた顔で言った。またミドリの顔を思い出してムカムカする。

「あ、そうか。向こうは大河ドラマの主演を張るぐらいのスーパースターだもんな。失敬」

エンジェルの言葉が尖ったナイフとなって清子の胸に突き刺さる。

この差は何だ？　二週間後の劇団の本公演は、観客が百人も入らない小さな劇場でやる。しかも、チケットはほとんど売れていない。劇団員たちが自腹を切って、友達たちに来てもらう自己満足のオナニー公演だ。

「あの大河、良かったよな」

マモルが嬉しそうに言った。

「うん。必ず録画して観てたよ」

エンジェルも興奮している。

「どこがええんよ」

清子はつい声を荒らげた。

二人に罪はない。一般人として、ごく普通の反応だ。でも……たとえ、二十年間の時が経っていても、《フィーバー5》として全国を沸かせた誇りは失って欲しくなかった。

「えっ？　素晴らしかったけどなあ。一人でテレビの前で大絶賛しちゃったよ」

エンジェルが、また口を尖らせる。

なんで、おっさんが女みたいな仕草をするねん！

怒鳴りつけたいのをグッと堪えた。単なる八つ当たりと思われたくない。

「ミドリの北条政子役、良くない？」

マモルが同意を求めて微笑《ほほえ》む。

「めっちゃ、下手くそやん。芝居が軽すぎるねん。だって、北条政子がバク転すんねんで？　おかしいやろ！」

ミドリは美貌だけでなくアクションも一流だった。格闘シーンやカー・アクションでさえもスタントなしで撮影するので、他の女優よりも役の幅が広い。子供のころから、ミドリは運動能力がズバ抜けていた。ダンスの振付も一回で覚える。キレも持久力も絶対に敵《かな》わなかった。

「しっかり観てるんだね」

エンジェルが軽く鼻を鳴らした。カチンと来たけど、まだ我慢だ。

「一話だけな。すぐチャンネル替えたけど」

「でも、凄いよな」

「何がよ」

「だって、僕たち今からあの大庭《おおば》ミドリと共演するんだぜ。緊張で脇汗が止まらないよ」

「そうなんだよなあ。ダーツバーのバイトの子に言ってもさ、信じて貰《もら》えなかったよ」

マモルも照れながら言った。

「別に大したことないやんか。ウチらも《フィーバー5》のメンバーやってんから」

清子は、二人のミーハー的な反応を許すことができず、眉間に皺を寄せた。

「でもさ……」

マモルが気まずい空気を察知し、チラチラとエンジェルと目を合わせる。

「何よ。言いたいことがあるんなら言いや」

「ぶっちゃけ、俺たちのことなんて誰も覚えてなくない？」マモルが苦笑いを浮かべる。「そもそも若い子たちは《フィーバー5》を知らないし」

「そんなことないよ！　《フィーバー5》は全国的なスターやってんから！　めっちゃ人気あったやん！」

清子の張り上げた声が、虚《むな》しく部屋に反響する。

「それはそうだけどさ……」

マモルが口ごもって、うつむく。

「はっきり言ってや」

「つまり、《フィーバー5》のことは知っていても、僕たちが《フィーバー5》のメンバーだったと誰も覚えてないってことでしょ？」

エンジェルがズバリと言った。マモルがうつむいたまま頷く。

……そのとおりだ。

清子は何も言い返せず、長机の下で握った拳をブルブルと震わせた。

エンジェルはそんな清子にとどめを刺すべく続けた。

「たまに、懐かしのスターの特番とかで、僕たちの映像が流れたりするよね。この前も行きつけの小料理屋のテレビでたまたま武道館のコンサートが流れたんだけど、自分が《フィーバー5》だったたって恥ずかしくて言えなかったよ」

「言えばええやんか。胸張って、自分は有名人やったたって言えばええやん」

清子はエンジェルとマモルを睨みつけた。悔しさで目頭が熱くなり、声が上ずってしまう。

「言えないよ。マモルもそうだろ？」

「まあ、自ら進んでは、ね」

マモルが力なく呟《つぶや》く。

「ミドリと比較されるのは嫌だもんな」

エンジェルの言葉がまた清子の胸に突き刺さった。今度はナイフなんて生易しいものではない。日本刀でえぐられた痛みだ。

これ以上、反論できない。ミドリに嫉妬していると思われるのが一番嫌だった。

「弁当でも食べるか」

マモルが話を終わらせた。怒りを堪える清子に気がついたのだ。

この男は、子供のころから優しかった。ダンスが上手く踊れなくて清子がスタジオの隅でへこんでいたとき、お菓子を持ってきてくれたのを覚えている。

「賛成！　腹が減っては戦はできぬ！」エンジェルがウキウキして弁当の蓋をすべて開けた。「僕、シュウマイが好きだから全部貰っていい？」

「好きにしろよ……」

「やった！」

エンジェルが素早い箸さばきで、シュウマイを自分の分の弁当に回収する。いくら好物だからといっても意地汚い。

マモルは弁当を受け取ったが、清子は受け取らなかった。エンジェルは気にせず弁当を清子の前に置き、いそいそと自分の席へと戻った。

「いただきまーす」

エンジェルがさっそく部活終わりの高校球児のような勢いで弁当を貪《むさぼ》り食う。シュウマイを集めたくせに、ひとつも食べようとしないのがムカつく。

「なかなか、美味《うま》そうじゃん。ロケ弁、久しぶりだなあ」

マモルも割り箸を取って、食べはじめた。

惣菜《そうざい》の匂いが部屋に充満する。窓がないので換気ができない。

懐かしい匂いだった。当時のエンジェルは食が細くて好き嫌いも多かったのでロケ弁を食べることができず、いつも母親の手作り弁当を食べていたのに……。

清子は、わざとらしくため息をつき、台本を開いた。しかし、台詞は全然頭に入って来ない。

どうしても、ミドリの演技が頭を過《よぎ》る。カンフー・アクションで大の男を次々となぎ倒す。ナイフや銃の扱いも完璧だ。車の運転もレーサー級だからアクションに関しては文句のつけようがない。

ミドリは努力をしている。ハリウッドや中国の映画に出て語学力が高いことも証明した。

ウチかって……一流の環境さえ与えてくれたら……。

力が入り、台本を破りそうになる。ステージに立てればそれで満足の他の劇団員たちは稽古中もヘラヘラと笑っている。清子が頑張ろうとすればするほど空回りして、劇団内では浮いた存在だった。

「清子、食べないの？」

マモルが声をかけてくれた。今はその優しさすら煩わしい。

「いらんよ。本番前やで。ダイエット中やし」

どうしても、つっけんどんな刺《とげ》のあるトーンで返してしまう。

「えっ？　どうしてダイエットなんかしてんの？」

エンジェルが口の中をモグモグさせて訊いた。どこまでも無神経な奴だ。

「何、言ってんのよ。女優として当たり前のことやんか」

「へーえ」

エンジェルがさほど興味なさそうに答え、ガツガツと弁当を頬張る。いろんなおかずを食べているのに、まだシュウマイは食べない。

おいおい、豚とちゃうねんから……いや、こういう食べ方をしているから豚みたいな体型になるねん。

エンジェルの行動すべてにイライラする。ため息で幸せが逃げるとわかっていてもさっきから連発で漏れていた。もう、どうだっていい。

「少しぐらいは食べたほうがいいんじゃないの？　収録は長引くと思うよ」

マモルが清子の顔を覗《のぞ》き込み、気遣ってくれる。

「大丈夫やって。お昼は食べたし」

「何を食べたんだよ？」

「バナナ」

「何本？」

「一本だけに決まってるやんか」

「それだけじゃ、お腹《なか》が減るだろ」

「ええから、ほっといてってや。おやつにプレーンのヨーグルトも食べたし、大丈夫やから」

「それなら、いいけどさ……」

マモルが説得を諦めて、自分の弁当に戻った。

なんなんよ……もう……。

マモルにも腹が立ってきた。早く収録を終えて帰りたい。二人にですらこうなのに、ミドリに会ったらどうなるんだろう。

もし、今、目の前にミドリがいたら……。

心臓が口から出そうな気分になってきた。絶対、笑顔になんかなれない。

「食べないんだったら、貰っていい？」

エンジェルが、清子の弁当をジッと見つめて言った。

「二つも食べんの？　衣装入らんくなったらどうすんのよ」

「貰っていい？」

「勝手にどうぞ」

「ラッキー。明日の昼ごはん浮いちゃった」

エンジェルがルンルンで清子から弁当を受け取る。

持って帰んのかい！

あまりの図々しさに呆れてしまう。幼きころのエンジェルの淡い思い出は完全に消えてしまった。

「そんなに美味《おい》しいのか」

マモルも少し呆れ顔で訊いた。

「美味くない？　さすが、キー局の弁当だぜ」

エンジェルがご飯粒を飛ばして答える。

「あのさ、エンジェル」

清子の頭の中でブチリと何かが切れた。もう我慢の限界だ。

「な、何だよ」

「もうちょっと、ちゃんとしたら？」

「どういう意味だよ？　お箸の持ち方が悪いのか」

「ちゃうわ！」

「何、カリカリしてんだ」

「はっきり言って、だらしないで」

清子はありったけの軽蔑を込めて言った。

「別にだらしなくてもかまわないだろ」エンジェルは少し傷ついた表情を見せたが、めげずに弁当を食べ続ける。「だって、僕たちは一般人なんだからさ」

「一緒にせんとってや。ウチは舞台女優として今も頑張ってるねん。あんた、どうせ、無職やろ」

「無職の何が悪いんだよ」

エンジェルがさすがにムッとして箸を置いた。

「恥ずかしくないの？　ウチらは《フィーバー5》やねんで」

「元、だろ。もう解散して芸能界を引退したんだから、僕がどう生きようと自由じゃないか」

たちまち、険悪な空気が部屋を包み込む。

「まあまあ。清子、落ちつけよ。せっかくの美人が台無しだぞ」

マモルが間に入ろうとするが、清子は立ち上がってそれを制した。

「プライドはないの？」

エンジェルも負けじと立ち上がり、赤く充血した目で清子を睨みつけた。

「あるわけないだろ！　見ろよ、このハゲ頭を！　プライドなんてものは、髪の毛と一緒にどこかに消えちゃったんだよ！」

「それでも、エンジェルなん？」

「違う。今は本名の広瀬翼で生きてるんだ。エンジェルはもういないんだ。僕がどうしてこんな姿になったか教えてやろうか。中学生の頃にイジメられたからだよ」

「イジメ……」

マモルがイジメという言葉に反応した。

……そうやったんや。

清子も《フィーバー5》が解散したあと大阪の小学校に転校したとき、最初は遠巻きで見られてクラスに溶け込むのに時間がかかった。

エンジェルは額からダラダラと汗を流し、顔を歪《ゆが》めながら過去を語り出した。

「解散してから、まだエンジェルの面影があった僕は学校で人気者だった。教室には休み時間のたびに、常に学校中の女子が集まってきたし、他の学校からもプレゼントやラブレターを持った子たちが殺到した」

「バラ色の青春やんか」

「不良たちに目をつけられるまではな」エンジェルが清子をキッと睨みつける。「さぞかし、ちやほやされている僕が気に食わなかったんだろうよ。学校だけじゃなしに、地元の暴走族までもが僕をターゲットにした。毎日が地獄だったよ。家から一歩外に出れば、すぐに不良たちに絡まれる。意味もなく殴られたり、恐喝されたり、犬のウンコを投げつけられたり……」

「そんなん、早く引っ越したらよかったやんか」

清子は唇を噛《か》み締めるエンジェルに言った。

全国的なスーパースターがイジメのターゲットになる……。その落差は耐え難いものだったはずだ。

子供のころのエンジェルは誰よりもプライドが高く、繊細だった。一番チヤホヤされていた分、メンタルが弱かった。何度か厳しいレッスンから逃げ出したのをメンバーで探した記憶がある。

「引っ越したよ。中学三年間の間に五回もね」

「そうなんや……」

それ以上、何も言うことができず、冷たいパイプ椅子に腰を下ろした。

「どこに行っても、『エンジェルだ、エンジェルだ』って注目されたよ。それが嫌で仕方なくて、高校に入ってからは、ほとんど引き籠りで学校に行かなかった。一年生で中退して、ずっと家でスナック菓子を食べてコーラ飲みながらゲームばかりしてたら、こんな体型になってしまったんだ」

エンジェルがこれ見よがしに、腹の贅肉《ぜいにく》を摑《つか》んで揺らした。髪の毛が抜けたのもストレスのせいだろう。

「俺たち、《フィーバー5》のせいで人生が変わってしまったよな」

マモルが弱々しい声で言った。今日、初めて見せる悲しい表情だ。

そのとき、激しくドアが開き、一人の青年が部屋に乱入してきた。

白色のシャツにジーンズ。背が低く、短髪で猫顔だ。一発で誰かわかった。

太郎だ。《フィーバー5》の元メンバー、森口《もりぐち》太郎だ。あの頃と顔も身長もほとんど変わっていない。

部屋にいた全員が、すぐに異変に気づいた。太郎は真っ青な顔で歯を食いしばり、左腕を押さえている。

　血……。

　白いシャツの左腕の部分が真っ赤に染まっていた。

「何よ、それ！」

　清子は悲鳴に近い声を上げた。

「太郎！」

　マモルとエンジェルが駆け寄り、ふらつく太郎を支える。

「みんな……久しぶり」

　太郎が清子たちを順に見て、無理やり微笑んだ。

3

「どうしたんよ、その腕？　血が出てるやんか」

　清子はパイプ椅子をはね飛ばし、太郎に近づいた。

「大丈夫……大したことないから。清子、懐かしいなあ。マモル、背が高くなったなあ。顔はあの頃と一緒だけど」

「懐かしんでる場合とちゃうやろ」

「平気だってば」

太郎が心配をかけまいと笑顔を振りまくのが余計に痛々しい。腕から滴り落ちる血が、ポツポツと床に赤い斑点を作る。

「馬鹿言うな。大怪我《おおけが》だろ」

エンジェルが太郎の腕を掴み、傷口を確認する。この状況で、やけに落ち着いている。マモルは対照的にアワアワして棒立ちのままだ。

「誰？　このおじさん……」

太郎がエンジェルを見て眉をひそめた。

「エンジェルだよ！」

エンジェルが自ら答える。

「エンジェルのお父さん？」

「エンジェル本人だってば！」

「……マジ？」

太郎が怯《おび》えた目で清子とマモルを見る。

「マジやで」

「うん。マジ」

清子と同時にマモルも頷く。

「びっくりだなあ」

太郎が改めてエンジェルを眺めた。

「こっちの台詞や！　だから、何があったんよ！」

太郎がチラリとドアのほうに視線を送った。ドアは閉められている。

「説明するんだ、太郎」

エンジェルが野太い声で訊いた。

「トイレで……襲われたんだ」

太郎が痛みに瞼を閉じる。

「だ、誰によ？」

清子は思わず声をひそめ、もう一度、ドアを見た。マモルが咄嗟に動き、ドアに鍵をかける。

「わからない。用を足して洗面台で手を洗ってたら、個室トイレから出てきた奴にすれ違いざまに刃物で切りつけられた」

「何だよ、それ……」

マモルが怒りと恐怖の入り混じった声を漏らす。

……通り魔？

物騒な世の中だから何が起きても不思議ではない。だからこそ、テレビ局はセキュリティーを強化しているはずだ。どうやって、潜り込んだのだろうか。

「犯人の顔は見てないのか？」

エンジェルが刑事のような冷静さで質問する。

「見てないよ」太郎が虚《うつ》ろな目を開けた。「相手はニット帽を深くかぶって、マスクをしてたから……いきなり過ぎて男か女かもわからない」

「とりあえず、病院に行こう。救急車を呼ぶよ」

マモルが、長机に置いていた自分のスマートフォンを取った。

「ちょっと、待ってや」

清子は反射的にマモルの手を押さえた。混乱で頭の中が壊れた洗濯機みたいにグルグルと回っている。

「どうした？」

「収録はどうすんのよ？」

「そんな場合じゃないだろ」

「ゴールデンタイムの全国放送やねんで。ウチらの勝手が通るわけないやんか。どれだけの人とお金が動いてると思ってんのよ」

「清子の言うとおりだよ。病院へは収録が終わってから行くから大丈夫」

太郎が気丈に踏ん張り、壁に手をついた。

「大丈夫じゃないだろ」マモルが険しい顔で叱りつける。「それに、このテレビ局に刃物を持った奴がウロついてるんだぞ。警備員に知らせなきゃ。収録は中止になっても仕方ないよ」

「そんなん嫌や」

清子は泣きそうな声で抵抗した。

マモルが露骨に顔をしかめる。

「何が嫌なんだよ」

「せっかく、全国放送に出られるチャンスやのに……」

望んだ形ではなくてもテレビに出るというのは清子にとっては大きい。食えない劇団員だと心の中で馬鹿にしてきた連中を見返すことができる。

「さっき、テレビには興味ないって言ってたくせに」

マモルが痛いところを突いてくる。

「興味ないのは、しょうもないドラマと映画や。《フィーバー5》はウチの大事な武器やねんもん」

「武器ってなんだよ……」

清子は言葉に詰まった。マモルの悲しげな目を見るとまともに息ができなくなる。顔の前だけ酸素がなくなったようだ。

「元芸能人って肩書だろ……その気持ちはよくわかる」

太郎が清子をフォローした。

子供のころは、清子と太郎は犬猿の仲だった。太郎が清子の〝大阪ノリ〟が嫌いで、いつも「うるせえな。黙れ、ブス」と攻撃してきたのだ。喧嘩《けんか》はいつもエスカレートし、清子が太郎の髪の毛を引っ張って泣かせて終わった。《フィーバー5》には喧嘩の暗黙のルールがあった。

どれだけムカついていても相手の顔を傷つけないこと。スターの顔は商品なのだから。メイクさんに怒られたくなかったし。

ガキのくせにプロ意識は高かった。その中でも、ミドリは徹底していた。楽屋で清子たちが漫画を読んだり、ゲームをしているときでも、一人で黙々と筋トレに励み、鏡の前で何度もダンスの振りをチェックしていた。

はっきり言って、あのころのガキどものほうがプロだった。今の清子は劇団員たちと平気で深夜まで飲み歩いては〆のラーメンを食べる。太って当然だし、肌も荒れ放題だ。酒に酔って演技論を交わしたところで何にもならないとわかっているのにやめることができない。

「……本当に病院に行かなくてもいいのかよ」

マモルが心配そうに太郎に訊いた。

「オレ……フリーターやってるんだけどさ。またテレビに出れたら、変われそうな気がするんだ」

「でも、傷の治療をしなくちゃ……」

「変わりたいんだよ！　変わらなきゃいけないんだよ！　お前らだって、そうだろ？　だから、恥を晒《さら》してでも今回の依頼を受けたんだろ？」

太郎が全員を見回した。その目を直視できず。清子は目を逸らしてしまった。

変わりたい……でも、どうすればいいのかわからずに、ずっともがき続けている。まるで、救助の来ない大海原で遭難しているみたいだ。

「わかった。傷口をよく見せてみろ」

エンジェルが、強引に太郎の腕を摑んだ。

「痛っ……」

太郎が顔を歪め、奥歯を強く噛む。

あんたが見てどうすんのよ……。

エンジェルは医者の真似事《まねごと》みたいな仕草で、傷口に顔を近づけている。素人の出しゃばりが一番腹が立つ。

「誰か、針と糸を持ってないか」

エンジェルが、清子とマモルに訊いた。

「持ってるわけないじゃん。ダーツセットならあるけど……」

マモルが自分のセカンドバッグを取ろうとする。

「ダーツはいらない。普通の針がいいんだ」

「一応あるけど……」

清子は渋々と答えた。

「えっ？　持ってるの？」

マモルが驚いて清子を見る。

「ナイスだ。貸してくれ」

「普通の裁縫セットやけど、ええの？」

「充分だ。グッジョブだ」

　エンジェルが親指を立てる。おっさんに場を仕切られているのは納得できないが、今は太郎の治療が優先だ。

「こんなんやけど……」

　清子は愛用のトートバッグから小さな裁縫箱を出した。劇団で必要なため、常に持ち歩いている。

「サンキュー。助かった」エンジェルがひったくるようにして裁縫箱を受け取り、太郎の手を引いた。「行くぞ」

「ど、どこに？」

　太郎が不安げに訊いた。しかし、エンジェルは無視して太郎を部屋の外に連れ出そうとする。

「ちょ、ちょっと！　怖いよ！」

「エンジェル、待てって。何をするつもりだよ」

　マモルが肩を掴んで止めようとしたが、エンジェルの体に似合わない素早い身のこなしでその手を振り払われた。

「応急処置だ。一刻を争う」

「で、できるのかよ？」

「やったことはあるから信用してくれ」

エンジェルが頼もしく頷くが、不安でしょうがない。一体、何を根拠に言っているのだろうか。

「信用してもいいの？　エンジェルは仕事何やってんの？」

太郎がビビリながら訊く。

「それは言えない。応急処置をするけど、僕の弁当のシュウマイだけは食べないと約束してくれ」

「食べへんわ！」

どれだけ、シュウマイが好きなのか。

エンジェルがドアの鍵を開け、相撲取りかと思うほどの勢いで太郎を部屋の外に押し出す。

「ええ？　ちょ！　助けて！」

太郎の悲鳴が聞こえたが、無情にもドアをバタリと閉められた。

4

「任せてよかったのかな……」

マモルが唖然《あぜん》としながら言った。

「他に方法がないし……」

「急にテキパキ動くから焦ったよ」

呑気に弁当を食べていたキャラが、血を見た途端に眼の色を変えたのが怖い。

「エンジェル……ほんま、何の仕事してんのやろ?」

「怪しいよなあ」

マモルが首を捻《ひね》る。

「まあ、応急処置ができるんやったら助かるけど」

二十年ぶりにテレビに出るために、ここに来たのだ。チャンスはどこに転がっているかわからない。今回の映像を誰が見ているかわからない。思わぬ仕事に恵まれる可能性はゼロじゃないはずだ。

たしかに、通り魔は怖い。だけど、そんな変質者に夢の邪魔はさせない。テレビ局にはあちこちに警備員がいるので、そこまで無謀な真似はできないと思う。

いや……そういうわけにはいかないだろう。現に通り魔で大惨事になった事件があるではないか。

自分の夢のためなら他人が死んでもいいの？　でも、通報したら間違いなく収録は中止になる。番組自体がなくなるかもしれないのだ。

清子は自分を落ち着けるために小さく深呼吸した。

……やってやる。普通ではミドリに勝てない。ミドリだって、綺麗事《きれいごと》だけで芸能界をのし上がったわけではないはずだ。

「ところで、どうして裁縫セットなんて持ち歩いてんの？」

マモルが意外そうに清子のトートバッグを見る。

「別にええやんか、持ってても」

清子はギクリとしたが、必死で平静を装った。

「裁縫するの？　舞台女優なのに」

「するよ」

「ふうん」

「何よ。ダーツ持ち歩くよりマシやろ」

「だから、こいつは俺の相棒だってば」

マモルが長机の上のダーツを得意気に指す。

「そんなことはどうでもええから、今のうちに準備しとこうや」

　みぞおちがズンと重くなる。マモルが馬鹿にしていないのはわかっている。それでもトラウマはなかなか拭えない。

　売れない劇団の舞台女優……甘くない世界だとわかっていても第三者の悪気のないひと言にどれだけ傷ついたことか。「収入はバイトなんでしょ？　大変だね」とか「いつまで続けるの？」とか。

　意地でも売れてやる。このまま負けっぱなしの人生で終わらせてたまるか。

「何の準備？」

「収録に決まってるやんか？　ちゃんと、歌詞と振付覚えてんの？」

　清子はパイプ椅子と荷物を壁の端に寄せた。

「当たり前だろ。『恋のナイフで123』は、何千回とやったんだから」

「二十年前の話やんか」

「体が覚えているってば」

　たしかに、大ヒット曲だった『恋のナイフで123』は、今でも夢に出てくる。ダンスの女コーチが鬼のように厳しかったのだ。

　コーチの名前は何だっけ……ダメだ。出てこない。あのころはスタジオに入ったら、鏡の前の自分しか見ていなかった。どれだけ、リズムに乗ってキレのある動きができるか。どれだけ、ファンを魅了できるのかを幼い頭で懸命に考えていた。

そう。あのときはがむしゃらだった。あれだけ必死になって、一つのことに集中したから結果がついてきたのだ。

今がそのときだ。与えられたチャンスをものにしてみせる。

「ほら、手伝ってや。スペース作るから」

清子は長机の端を持って催促した。ほぼ、命令に近い。

「マジで？」

マモルがブツブツ言いながら手伝う。

「あかん。やるで」

「だって、ここ狭いじゃん。鏡もないしさ」

「それはしょうがないやろ。今のウチらは、こんな楽屋しか用意してもらえへんねん」

現実は、いつもわかりやすい。薄汚れたこの部屋が、今の清子の価値だ。

「楽屋と言うよりは、会議室だもんね」

「いや、こんな狭い会議室もないやろ。たぶん、ただの喫煙室やで」

「たしかに。入ってきたとき、すげえタバコ臭かった」マモルが大げさに鼻をヒクつかせる。「二十年前は、立派な楽屋が用意されてたのになあ……」

「過去のことを言うてもしゃあないやん」

清子は怒りのこもったため息を漏らした。今のは確実に幸せが逃げた。

かまうもんか。逃げた分、ウチが何倍にもして取り返してやる。

「楽しかったよな。畳があって、いつも、そこでみんなで尻相撲してなかった？　清子が、ぶっちぎりの横綱だったけど」

マモルが宙を見つめて、目を細める。

「そんなこともあったね」

嫌でも懐かしさが込み上げてきた。耳を澄ませば、あのときの悪ガキたちの声が聞こえてきそうだ。

『清子にぜってー勝てねーよ。オケツのデカさがちがうんだもん。ハンデくれなきゃ、ぜってー勝てねーよ』

マモルは、泣き虫で悔しがりで文句ばかり言っていた。

『ボクシングでも柔道でも重いほうが有利だからね。清子以外はズボンのお尻に二リットルのペットボトルを入れていいことにしよう』

太郎は、生意気で地味なくせに仕切り屋だった。

『嫌だよ。お尻にそんなもの入れるなんて。カッコ悪いじゃん。僕のファンの女の子たちが泣いちゃうよ』

エンジェルは、プライドが高くてナルシストな王子様だった。

そしてミドリは……。

『次は絶対に勝つからね、清子』

いつも真っ直ぐな目で、闘争心に満ちあふれていた。

「あと、学校の宿題も楽屋でさせられたよな。みんなで並んでさ。ほとんど、太郎がやってくれてたっけ。太郎は頭良かったもんなあ」

マモルが思い出話に花を咲かせる。

「四人分をやらされとったな」

「一番、年上だったから面倒見も良かったし」

「太郎が《フィーバー5》のリーダーやったしね。あんだけ賢かった太郎がフリーターなんて信じられへんわ。てっきり、めっちゃいい大学入って、いい会社に入って、エリート街道を突っ走ってると思ってたのに」

「……だよな」

マモルも暗い表情になる。

結局、勝ち組の人生を歩んでいるのはミドリだけだ。

ウチだけやなかったんや……。

清子は安心している自分に気づき、情けなくなった。負け組が一人だけなら耐えられない。ミドリが強運で特別なだけだと言い聞かせることができる。

「あれ、覚えてる？」マモルが思い出話に戻った。「収録前に俺たちだけで勝手に楽屋を抜け出してさ、スーパーにお菓子を買いに行っただろ」

「変装したやつやろ？」

思い出が蘇り、つい噴き出してしまう。

「そう。《フィーバー５》が並んで歩いてたらパニックになるからって」

マモルが手を叩いて笑った。

「衣装部に勝手に忍び込んで色々な衣装を盗《と》ってきたよな。あんとき、マモルは何に変身したんやっけ？」

「おじいちゃん」

「そうそう！　サンタクロースの白髭《しろひげ》つけてなかった？」

どうやってつければいいのかわからなかったので、白髭をセロテープで顎に貼り付けていた。

「白い眉毛もつけた。全然、おじいちゃんになってなかったけど。清子の変身も相当ひどかったよ」

「ボディコンギャルやろ。おっぱいとお尻に詰め物して、ヒール履いて」

完全に子供の悪ふざけだった。鏡の中の変なギャルを見てみんなで爆笑した。

「太郎はスーツを着て眼鏡をかけてサラリーマンになったよな」

「スーツのサイズがデカすぎてダボダボやったから、袖と裾をめっちゃ折り曲げたやん」

衣装に折り目がついたので、あとで無茶苦茶怒られた。

「エンジェルは、何に変身しても可愛さを隠せないから、怪獣の着ぐるみだったし」

怪獣がスーパーの中をウロウロしていたから余計に怪しまれた。

「懐かしいなあ。みんなお菓子買いに行くことよりも、へったくそな変装に夢中になってたな」

久しぶりに腹の底から笑った。あのときの写真を撮っておけばよかった。

「ミドリはうまかったじゃん」

「えっ?」

マモルのひと言にノスタルジックな気分がぶち壊される。

「ミドリの変装。抜群にうまかったじゃん」

「まあな……」

どす黒いものがみるみると全身に広がっていく。

「ミドリのやつ、見事に中学生の男の子に変身したもんな」

「あんなん、学ラン着れば誰でもそう見えるって」

「いやあ、凄かったよ、あの変装は。俺、子供ながらに鳥肌たっちゃったもん。ミドリは昔から才能があったんだよなあ」

「何の才能よ？」

「演技に決まってるじゃん」

こめかみが痛い。頭の血管が切れそうだ。

ミドリのせいで……ウチの人生はミドリのせいで……。

清子は静かに深呼吸をして長机を運ぼうとした。

「昔話はもうええから。手伝ってや」

「ミドリは天才だと思わない？」

「早く！」

声を張り上げてしまった。手が震えているのがバレないように長机をしっかりと握り締める。

「お、おう」

清子の剣幕に驚いたマモルが、慌てて長机の反対側の端を持った。

しばらくは無言のまま、二人で長机を部屋の隅に寄せる。だが、どうやっても猫の額ほどのスペースしか取れない。

高級ホテルの部屋……タバコ臭い息……。

思い出すな。記憶から消したはずの出来事が、ミドリの名前を聞くたびに顔を覗かせる。

「何、怒ってんの？」

マモルが沈黙に耐えられずに訊いた。

「怒ってへんよ」

「明らかに怒ってるじゃん」

「怒ってへんて！」

頼むからそっとしておいて欲しい。心の奥に隠していたドロドロしたものをほじくり出さないで欲しい。

「清子、性格は変わったんだな」

「は？」

「あのころは、《フィーバー5》のムードメーカーだったのに」

マモルが悲しそうに目を伏せる。

あんたかって変わったやん。あのころのあんたは、何があってもそんな悲しそうな顔はせんかったやんか。

「……覚えてへんわ」

清子は力なく答えた。

「俺がダンスの振付覚えれなくて泣いてたとき、くだらないギャグで笑わしてくれたじゃん。吉本新喜劇のコケ方とかさ」

「そんなこともあったっけ」

喧嘩ばかりしていたけれど、お互いが辛いときは助けあっていた。あのときは自分のことだけでなく、仲間のことをちゃんと見ていた。

今は、どうだ？　そもそも本当の仲間がいるのか？

《フィーバー5》のとき、ミドリを尊敬していた。ライバルだったけれど、ずっと彼女の背中を追いかけていた。

それなのに、裏切られた。しかも、信じられないやりかたで。

「もしかして、舞台女優がうまくいってないの？　俺でよかったら相談に乗るよ」

マモルがまた優しさを見せる。

「ウチのことは、ほっといてや。今、幸せなマモルには、ウチのしんどさなんてわからへんねん」

「別に、俺は幸せじゃないよ」

「幸せやんか。ダーツバーの店長を任されてんねやろ？」

「ごめん。嘘ついてた。見栄《みえ》を張っちゃったんだ」

「えっ？」

「実は俺……副店長なんだ」

申し訳なさそうな顔でマモルが頭を下げる。

「あんまり変わらへんやんか！」

どんな懺悔《ざんげ》だ。深刻な顔だったので、もっとキツい告白があるのかと思った。

「大違いだよ。俺はいつまで経ってもナンバー2の男なんだよ。ダーツもどれだけ頑張っても全国二位だし」

「充分に凄いと思うけどな」

「凄くないだろ。紅白歌合戦まで出た人間が、川崎でダーツバーの副店長なんだぞ。完全に負け犬じゃねえか」

「負け犬とか……そういう言い方やめてや」

自分で認めているからこそ、他人から一番言われたくない言葉だ。

「ごめんな……」

マモルがふたたび頭を下げる。

背が高いからこそ、猫背が目立つ。この狭い部屋でもマモルから威圧感がなかったのは優しいからだけではない。

マモルも清子と同じく、自分に自信を持てずに生きてきたのだ。

5

「ただいま」

エンジェルの声と同時にドアが開いた。太郎を引き連れて部屋に入って来る。

「おかえりって、ちょっと……」

マモルが太郎を見て声を裏返す。

太郎の白シャツは肩から下がちぎられ、腕にはガムテープが巻かれている。

「グルグル巻きやん」

清子も目を丸くする。あまりにも雑な応急処置だ。

「大道具さんに借りたんだ。清子、サンキュー」エンジェルが清子に裁縫箱を返した。

「僕のシュウマイは食べてないよな？」

「食べてへんわ！」清子は呆れながら答えた。「切られた傷口を縫ったん？」

「五針だ。思ったよりも浅くてよかったな、太郎。テレビ局も平和そのものだった。

どうやら、通り魔は逃げたようだな」

よかった。通り魔さえいなければ、無事、収録ができる。

それにしても……裁縫道具であの傷を処置したなんてありえない。このメタボの体型からは想像できない器用さだ。

傷口を縫った経験があるということは、エンジェルの仕事は医療関係なのか？　それなら、どうして教えてくれないのだろう。

表に出せない医療……ヤブ医者なん？

何にせよ、エンジェルの仕事が気になってしょうがない。

「痛くなかった？」

マモルが太郎に訊いた。

「痛いに決まってんだろ。叫び声を上げないように、トイレットペーパーの芯を嚙まされたよ」

「トイレで処置したん？」

それは衛生的にどうなのだろうか。

「水が使えるからな。個室だと隠れられるし」エンジェルが当たり前のように答え、長机とパイプ椅子が部屋の隅に寄せられていることに気づいた。「あれ？　お弁当食べないの？」

「その前に、『恋のナイフで123』の振付を返しとこうや」

怪我人の太郎に無理をさせたくはないが、これは譲れない。《フィーバー5》の復活は完璧でなければならないのだ。

「必要ないよ。体に染みついてるもん。なあ、太郎」

エンジェルがさも面倒臭そうに答える。

「うん。振付は覚えてる。オレ、未《いま》だに《フィーバー5》時代の夢を見るもん。夢の中でいつも『恋のナイフで123』を踊っているよ」

太郎がヨロヨロと長机に腰掛けた。顔はまだ青白いが、何とか収録はできそうだ。

「俺も見るよ。《フィーバー5》の夢」

マモルが目を輝かせる。

「僕も見るぞ！」

「ウチも……」

エンジェルと清子が同時に手を上げた。

毎晩とまではいかないが、よく見る。夢の中の清子はスポットライトを浴びて、誰より元気いっぱいにステージを跳ねまわっている。たまに見る、十歳ではなく、今の三十歳の清子がキラキラの衣装を着て大歓声に手を振っている夢のときは、目覚めが最悪だったが。

「どんな夢？」

マモルが三人に訊いた。

「武道館のコンサートだ」

エンジェルが照れながら答える。

あのときのエンジェルは、ステージに登場しただけで観客席の女の子たちを何人も失神させていた。

「うわっ。一緒だよ」

マモルが嬉しそうにエンジェルの肩を叩いた。

「ウチも……いつも武道館の夢やわ」

「あのときの緊張感は半端なかったからな。この三十二年間の人生であれを超える体験はねえよ」

太郎が、さみしそうに言った。

今も目を閉じれば、凄《すさ》まじい熱気が体を包み込む。ずっと、あの興奮が続くものだと思っていた。《フィーバー5》は永遠だと思っていた。

人気絶頂の中での解散。事務所からの説明は、「伝説のまま幕を閉じたい」という身勝手な理由だった。

ウチらは捨てられたんや……。

十歳の清子の心に、決して癒えない傷が刻まれた。

「さすがに武道館以上のことはないよなあ」マモルがしんみりとなる。「そうか……太郎はもう三十二歳になったのか」

「おっさんなのに変わらないよなあ」

エンジェルが羨ましげに太郎を見る。

「お前が変わり過ぎなんだよ。てか、デブ過ぎにハゲ過ぎだって。どんだけ不摂生な生活してんだよ」

太郎が鋭く切り返す。地味キャラのくせに口が悪い昔の太郎に戻ってきた。

「身長もあのころのまんまじゃない?」

マモルも太郎をいじり出す。

「うるせえ。五センチだけ伸びたっつーの。マモルが伸び過ぎなんだよ。何食ったらそんだけデカくなれるんだよ」

目の錯覚だが、三人の男が三人の少年に見えた。男の子たちは武道館のコンサートの前なのに、緊張を隠すためにじゃれあっていた。

「ウチ……実は昨日の夜も武道館の夢見てん」

嘘ではない。夜中に目が覚めて、ワンルームの冷たいベッドの上で現実に引き戻されて泣きたくなった。

「俺も昨日見た」

マモルが驚いた顔で清子を見る。

「僕も武道館にいたぞ」

エンジェルも清子の手を握ってきた。ヌルヌルして気持ち悪い。

「……オレも。こんな偶然ってあるか?」

太郎が左腕を押さえながら呟く。

「なんか、気持ち悪いな。『世にも奇妙な物語』みたいやね」

清子は大げさに肩をすくめた。何だか複雑な気持ちだ。

「それだけ、全員が今日の収録を楽しみにしてたってことだよ」

マモルが雰囲気をよくしようとして明るく振る舞う。

「楽しくはねえだろ。全国の笑い物になるだけだって」

太郎が吐き捨てるように言った。

「そんな言い方せんでもええやん」

いくらダンスの振付を覚えていようが、二十年のブランクは大きい。三十歳になった清子の体型も中年女性らしくなってきた。用意された衣装を着たらきっと痛々しくなるだろう。

笑い物になってもいい。逃げたくないだけだ。

「まあ、太郎はもうちょっとで殺されるところだったんだから大目に見てやれよ」

エンジェルが珍しく清子を宥める。

「一体、誰に狙われたんだよ」

マモルが太郎に訊いた。

「わかるわけねえだろ」

「誰かに恨まれるような悪いことしたん？」

真面目だった太郎がそんなことをするわけがないと信じたいが、二十年間の時は善人を悪人に変えるには充分だ。

「してねえよ。オレ、ただのフリーターだぞ」

太郎が自虐的に笑う。

「誰かと勘違いされたとか……やっぱり警察を呼んだほうがいいんじゃない？」

マモルがスマートフォンをカーゴパンツのポケットから出そうとした。

「いや、最初から、太郎を狙ったものだろう」

エンジェルがきっぱりと断言した。

また太郎の血を見たときと同じオーラが体から滲み出ている。冴《さ》えないおっさんが急に自信に満ち溢れるのが謎だ。

「何でわかるのよ？」

清子は、納得できない気持ちを抑えて訊いた。

「傷を見ればわかるさ。犯人は、わざと軽傷を狙って襲ったんだ」

「そ、そうなの？」

マモルが横から入る。

「経験上でわかるんだ」

「だから、アンタの仕事は何やねん！」

体が勝手に動いて、肩を殴ってしまった。ぷよんとした脂肪にはねかえされる。

「言えないって言ってるだろ」

エンジェルが頬を膨らませて拒否する。この時折見せる女みたいな仕草だけはお願いだからやめて欲しい。

「言えや！」

「まあまあ」

エンジェルに詰め寄る清子の間に、マモルが割って入る。

「気にならへんの？」

「本人が嫌がってるんだからさ。無理に訊いたらかわいそうだろ」

マモルはどこまでも優しい。優しさを通り越して、ただのお人好《ひとよ》しになっている。

「エンジェル。オレは誰に狙われてんだよ？」

太郎が自ら質問した。

全員がエンジェルの言葉を待つ。エンジェルは、芝居じみた仕草で顎をゆっくりと撫で、重々しく口を開いた。

「おそらく……《フィーバー5》の復活を許さない誰かだろうな」

「復活って、一日だけやんか。『懐かしのスター大集合』っていう番組で歌って踊るだけやで？」

「ミドリの熱狂的なファンとか？　ストーカーが事件起こしたりしてるじゃん」

マモルが真剣な顔で意見を言う。

「それも考えにくいな」エンジェルが速攻で却下した。「そもそも、ミドリが今回の仕事を受けたのは映画の宣伝のためだろう。ファンなら邪魔しないはずだ」

「新作の公開、再来週だもんね」

マモルが納得して頷く。

ちょうど清子の劇団の本公演と公開時期が被《かぶ》っているのが皮肉だ。ミドリがバラエティーの番宣に出まくって映画が大注目をされているのに対し、清子の劇団のことなんて身内しか知らない。

「次は、女殺し屋の役だろ。凄えよな」

太郎が感心した口調で言った。ここにも元メンバーの成功を祝えるお人好しがいる。

「スパイの次は殺し屋って……。ちょっと被ってるやんか。役作りに何の工夫もないねんから……」

清子は、やり切れなくなり毒づいた。

「えっ？ かっこいいよ。今、日本で本格的なアクションできる女優ってミドリしかいねえんだし、似たような役が回ってくるのはある程度仕方ないだろ」

太郎がこっちの気持ちも知らずに言い返してくる。

「だって、演技がいつも一緒やと思わへん？」

「演技のことはよくわかんねえけど、運動神経が抜群なのは確かだろ？」

「まあな……」

それは認めざるを得ない。

もし、ミドリがスポーツの世界に身を投じていたら、間違いなく一流のアスリートになっていただろう。とにかく、全身がバネで、バランス感覚にも優れ、リズム感も天性のものがあった。

「ミドリは子供のころから連続でバク転ができたもんな」

マモルが尊敬の眼差《まなざ》しで宙を見つめる。

「あれは、コツさえつかめば簡単だよ」

弁当に手を伸ばそうとしていたエンジェルが言った。

「じゃあ、やってみろよ」

太郎が苛つきを隠さず返す。

「今はできない」

「昔もできなかっただろ？」

「……できたよ」

エンジェルがモゴモゴと小声で呟いた。

「嘘つけや！　見たことないわ！」

《フィーバー5》のメンバーの中で、一番運動神経が悪かったのがエンジェルだった。ダンスのレッスンのときもまず自分の髪の毛を触っていたから、よく鬼コーチの近藤《こんどう》に怒られていた。

思い出した！　女コーチの名前は近藤エミだ。当時は三十歳ぐらいだったろうか。小柄だけど小麦色に日焼けした健康的な美人だった。

まだ、この業界にいるのか？

近藤エミの怒鳴り声は今でも耳に残っている。

『死ぬ気でやりなさい！　ステージの上は戦場なのよ！　誰も助けてくれないのよ！』

本当に地獄だった。小学生をよくあれだけ追い込めたと思う。

「ミドリはバク転だけじゃなしに、捻りを加えながらのバク宙もできたよね！」

マモルはまだ尊敬モードが解けていない。

「あれも簡単だよ。トランポリンで練習すれば、すぐに習得できる」

エンジェルが何を意識しているか知らないが、腰に手を置いたポーズで言い放った。

言うまでもないが、まったく様になっていない。

「じゃあ、やってみろよ。デブ」

太郎が敵意剝《む》き出しで鼻を鳴らす。

「今はできない。トランポリンがないから」

「あってもできねえだろ！」

「もうええから！　振付返すで！」

エンジェルの戯言《たわごと》にいつまでも付き合っていられない。収録はどのタイミングで始まるかわからないのだ。

清子の仕切りで、『恋のナイフで123』の練習が始まった。メインボーカルはミドリで清子たちはコーラスだから、まずはダンスを重点的にやりたい。

「フォーメーションは覚えてるやんな？」

鏡がないので記憶を辿《たど》って感覚を頼るしかない。

「当たり前だろ」

エンジェルが意気揚々とセンターに立つ。

「あんた……何やってんの？　そこはミドリのポジションやんか」

「あ、ごめん、つい」

「わざとやってんだろ。全然、面白くねえって。怪我してなきゃ殴ってるとこだぞ」

そそくさと端の立ち位置に移動するエンジェルを太郎が威嚇する。

どこまで、ふざけた男なのだろうか。二十年の時間はエンジェルの外見だけでなく、中身までもすっかり変えてしまった。

エンジェルはナルシストの王子様キャラだったけれど、とにかく繊細でこんながさつな人間ではなかった。過去に何があれば、これほどまでに別な人間になるのか知りたい。

エンジェルには大きな秘密がある。頑《かたく》なに今の仕事を明かさないのがその証拠だ。

十五分ほど、ダンスの稽古をした。我ながら完璧だった。頭で考えなくても体が勝手に動いてくれる。

他のメンバーもよかった。呼吸も合ったし、キレもある。とくに意外だったのは、エンジェルの動きがメタボ体型なのに軽快でしなやかだったことだ。下手すれば昔より上手い。

「ばっちりやね」

清子は満足げに、メンバーを見渡した。

「ほらね？　体に染みついてるって言っただろ？」

エンジェルが、親指を立ててウインクをした。全身、汗だくで溶けたソフトクリームみたいな顔になっている。

「もう一回やろか！」

清子は、手を叩いて自らに気合を入れた。

まだ足りない。一分の隙もないダンスをミドリと視聴者に見せつけてやるのだ。

「今ので、もうできるから大丈夫。あとは体力を温存しよう」

エンジェルが、手を団扇《うちわ》代わりにして顔を扇《あお》ぎながらパイプ椅子にもたれる。脱水症状の犬のように、ぜーぜーと息が荒い。

「ほんまにできるの？　やっといたほうがええって」

「休憩させてよお」

「二十年のブランクを舐《な》めたらあかんって！」

しかし、エンジェルは清子の言葉に聞く耳を持たず、ガブガブとペットボトルのお茶を飲んでいる。

なんてだらしない男なんよ……。

思いっきりぶん殴ってやりたい太郎の気持ちがわかる。今日の収録が終わったら二度と関わりたくない。

「先に衣装に着替えておいたほうがいいんじゃないかな?」マモルが絶妙なタイミングで清子を宥める。「あとで慌てたくないしさ。な、清子」

清子は小さく深呼吸し、己の感情をコントロールした。

「せやな。じゃあ、着替えてから振り返そう。それまで、ストレッチでもして体ほぐしといてや」

「へーい」

エンジェルの生返事を背にドアを開けた。

一世一代のチャンスを潰されてたまるか。今日はミドリへの復讐《ふくしゅう》のためにここに来たのだから。

6

十五分後。

清子はテレビ局のトイレの洗面台にいた。鏡の中に自分を見て、何度もため息を漏らしてしまう。

ウチ……こんなブスやったんや。

銀色のスパンコールがちりばめられた衣装が悲惨なぐらい似合っていない。事前に送ったスリーサイズに見栄《みえ》を張ってサバをよんだせいでピチピチだ。ライダーズジャケット風でパンツの裾がラッパ状に広がっている。二十年前ならまだしも、デザインが致命的にダサい。

ほんまにミドリもこの衣装を着るの？

ミドリだけ、別の衣装ってパターンもありえる。大いにありえる。そんなのはごめんだ。清子たちのピエロ感が倍増するではないか。

今すぐこのちんちくりんの衣装を脱ぎ捨てたい。でも、《フィーバー5》の清子はこれを着こなし、どこへ行っても大喝采で迎えられていた。

クソッ……やるしかないねん。

顔を洗って気持ちを切り替えたいが、メイクが終わったのでダメだ。そのメイクにしても五分そこらで終わる適当なものだった。

トイレを出て、楽屋に戻るため廊下を渡る。

さっき、間違えて楽屋に入ってきた清掃のおばさんがモップで床を拭いていた。すれ違いざまにジロリと清子を睨《にら》んで舌打ちをする。

……感じ悪いなあ。

年齢は五十代半ばぐらいだろうか。小さな体を丸め、負のオーラを撒《ま》き散らして仕事をしている。こんなおばさんになるのは絶対に嫌だ。

だけど……。

清子の将来だってどうなるかわかったものじゃない。三年付き合っている彼氏はいるが歳上《としうえ》なのに清子よりも貧乏で結婚の話はタブーになっている。もし、結婚できず、一人身のまま五十代になったら、さっきのおばさんみたいに目の前の若い女に舌打ちをするかもしれないのだ。

いや、決して清子は若くない。二十代をフリーの女優としてもがいているうちに、あっという間に三十路《みそじ》に突入してしまった。

背中に寒気が走った。振り返ると、清掃のおばさんはそこにはいなかった。

楽屋のドアを開けるとエンジェルが弁当にがっついている光景が飛び込んできた。

マモルと太郎は、真面目にストレッチをしている。

「まだ食べてんの？」

清子は軽蔑の眼差《まなざ》しでエンジェルを見た。

「腹が減ってはダンスはできぬ」

挑発するかのように、鶏《とり》の唐揚げをかじりながら答える。

「やかましいわ」

「何、イライラしてるんだよお。空腹だからだろ。やっぱり弁当を食べろって」

相手にするだけ時間の無駄だ。

「おっ！ 懐かしい衣装だなあ。清子、似合ってるよ」

マモルが開脚をしながらお世辞を言った。

「ありがとう……」

素直に喜べない。似合っているわけがないからだ。エンジェルなど、弁当の焼き鮭《じやけ》をほぐすのに夢中で清子を見ようともしない。

屈辱だが、ジロジロ見られるよりマシだ。一応、ダイエットはしてるつもりだが、この数ヶ月、体重に変化はない。

テレビの画面でミドリを見るたびに、自己嫌悪に陥る。ミドリはモデル級のスタイルで最近イメチェンしたショートカットも似合っていた。同い年であのプロポーションを維持するには相当な努力が必要だろう。

きっと、最高の施設のジムに行ってるねん……。

そうぼやきながら、テレビの前でカロリーオフの発泡酒を飲んでいる自分がいた。

「太郎、ちょっと背中押してくんない？」

「オレかよ……」

「片手でいいから」

「人使い荒えなあ……」

太郎がブツブツ言いながら、怪我《けが》をしていない右手でマモルの背中を押す。

「痛っ、痛いって。強く押しすぎだって」

「硬くなったなあ、お前」

「そりゃそうだよ……この二十年間、踊ってないんだから」

マモルが呻《うめ》きながら答える。

「太郎、もっと強く押したほうがいいんじゃないか。キチンと体をほぐさないと怪我するぞ」

エンジェルが口をモグモグさせながら注意した。上から目線にもほどがある。『べイマックス』のような体型の奴に言われたくない。

「じゃあ、代わってくれよ。オレが怪我してんだぞ」

太郎が額に血管を浮かべて反論した。

「悪い、悪い。弁当、食えよ」

エンジェルが新しい弁当を太郎に渡そうとする。

「いらねえよ！」

「腹、減らない体質なのか？」

「減るよ。本番前にあまり食べたくないんだよ」

「太郎は昔からそうだったよな」ストレッチから解放されたマモルが、首をコキコキと鳴らして言った。「てか、エンジェルもそうだったろ」

「そうだっけ？」

顎にご飯粒をつけた本人が首を傾《かし》げる。

「一番、緊張してたじゃん。なあ、清子？」

「してた。ガラスのハートのエンジェルやったもん。大事な仕事の前は一睡もできんくて、目の下によくクマを作ってメイクで誤魔化してたやんか」

あのときは、そんなエンジェルを可愛《かわい》いと思ったものだ。ここにいるおっさんには一ミリもそんなことは思わないが。

「そうだっけ？」

エンジェルが、竹輪の磯辺《いそべ》揚《あ》げを箸《はし》で摘《つま》んでとぼける。

「そうだよ。食事も喉を通らなくてトイレでゲーゲー吐いてたろ？　リーダーのオレがいつも迎えに行ってたのを忘れたのかよ」

太郎が呆《あき》れ顔でエンジェルに訊《き》く。

「吐いてた。毎回、太郎が背中を擦《さす》ってたもん」

マモルも太郎に同意する。

エンジェルはキョトンとした顔になったが、少し間を置いてから認めた。

「うん。そうだったね。あのときはごめんよ」

感情のこもっていない口調だ。自分に都合の悪いことは覚えていないという最低な野郎である。

こんなことならエンジェルと再会したくなかった。綺《き》麗《れい》な思い出を大切にしたかったが、もう手遅れである。

「お前のガラスのハートはどこにいったんだよ」

太郎が憮《ぶ》然《ぜん》としてエンジェルに訊いた。

「粉々に割れたよ。この二十年間でね」

「逆に良かったんじゃない？　それで、引き籠りから脱出できたんだろ？」

ストレッチを終えたマモルが立ち上がる。

「そういうこと。怪我の功名ってやつだね」

「なんだ、それ」

太郎は清子以上に、エンジェルの態度にムカついている様子だ。五針縫われたのがよほど痛かったのだろう。

「ほら、今度は太郎がストレッチをする番だぞ」

エンジェルがさらに太郎の怒りの火に油を注ぐ。

この横暴さはどこから来るのだろう。太郎に喧嘩《けんか》を売っているとしか思えない。

「だから、腕を怪我してるんだってば。傷口を広げるつもりかよ」

「どうしたんだい、その顔。やっぱりお腹《なか》が空《す》いてイライラしているのか？　遠慮せずに弁当食えよ。でもシュウマイはあげないけどな」

「お前にイライラしてるんだよ！」

「僕に？」エンジェルが野原に置いてきぼりにされた子犬のような顔になる。「僕が何かした？」

清子はマモルと顔を見合わせた。

「エンジェル、本当に変わったよなあ」

「完全に別人やわ。エンジェルがおっさんの着ぐるみを着てるとしか思えへん。すでに、子供が二人ぐらいいそうやもん」

「残念でした。まだ独身です。子供は少なくとも三人は欲しいと思ってるんですけどね。女の子、女の子、男の子がいいなあ」

訊いてもいないのにエンジェルの願望まで披露された。ダメだ。まともに相手するほど、こっちが疲れてしまうだけだ。

「子供がいるのは俺だよ」

太郎が、虚《うつ》ろな目で床を見つめながら言った。

7

突然の告白に部屋の空気が凍りつく。さすがのエンジェルも手に持っていた弁当を長机に置いた。

「太郎……結婚したのかよ」

マモルが目を丸くして訊いた。

子供がいてもおかしくない年齢だが、外見が昔と変わっていない太郎のパパになった姿は想像できなかった。それにフリーターと言っていたので家族臭がしなかった。

「おう……」

太郎が蚊の鳴くような声で頷《うなず》く。冴《さ》えない表情から察するに幸せな結婚生活ではなさそうだ。

「いつ結婚したんだよ。子供は何人いるんだよ？」

マモルが立て続けに質問した。

「結婚したのは十一年前。子供は五人だ」

「五⁉」

全員が同時に体を仰《の》け反らせる。

ちょっとした大家族やん……。

フリーターで五人の子供を育てているのか？　奥さんの実家が金持ちなのだろうか？

いや、金があるならフリーターはしないはずだ。

「ハッスルしすぎだぞ、お前。《フィーバー5》と同じ数じゃないか」

エンジェルが責めるように言った。

「しょうがねえだろ、できちゃったんだから」

「フリーターなんだから、もう少し加減しろよ」

「うるせえな」

「一番上の子はいくつなん？」

清子は、なるべく太郎のプライベートに踏み込みすぎないようにやんわりと訊いた。

「十一歳。小学五年生だ」

つまり、〝できちゃった婚〟ということになる。

「一番下の子は？」

今度はマモルが訊く。

「三歳。来年から幼稚園だ。ちなみに全員女の子」

「どうしても男の子が欲しかったのか？」

太郎が頷き、悲しげに微笑《ほほえ》んだ。

「もう、子供を作るのは無理だけどな」

「そりゃそうだろ。奥さんが大変だもん」

「死んだんだよ」

「……えっ？」

マモルが地蔵のように固まる。

「オレの嫁は、二年前に交通事故で死んだんだ」

太郎の唇が微《かす》かに震えている。マモルだけでなく、清子とエンジェルも硬直した。

「ごめん……」

マモルが深々と頭を下げる。

「何で謝るんだよ。やめろって」

「五人の子供を男手ひとつで育てんの？」

訊きづらいけど、質問してしまう。

もし……ウチに五人の子供がいたら？

とてもじゃないが、育てられる自信がない。自分に置き換えてみれば、その大変さがわかる。

清子もいずれは子供を産みたいと思っている。でも、五人もいらない。

「そうだ」太郎が疲れきった顔で答える。「オレがフリーターのわけがわかっただろ？子供たちの世話もあるし、送り迎えもあるし、晩ごはんも作らなきゃいけないから働ける時間は夜中に限られるんだ。前の仕事は辞めて今は近所のパン工場で深夜に働いてるよ」

……泣きそうになってきた。誰も何も言えず、突っ立っている。

「たまに余ったパンを持って帰れるんだ。サンドイッチや菓子パンを貰《もら》えたら子供たちが喜ぶんだ。食パンだけだったらガッカリされるんだけどな」

「偉いな……頑張ってるよなあ」

マモルがうんうんと頷く。

「偉い？」太郎が鼻で笑った。「地獄だよ。もう終わりにしてえよ」

「おい、終わりってなんだよ」

「オレの人生はお先まっ暗だ。二十年前はスポットライトを浴びて、あれだけキラキラしていたのによ」

その気持ちは痛いほどわかる。世の中には辛《つら》い生活を送っている人はたくさんいるけれども、子供の頃にスーパースターの体験をした人間は数えるぐらいしかいないだろう。

過去の栄光と現在の生活の落差。まるで、這《は》い上がることのできない谷底に突き落とされたようだ。

「太郎」

エンジェルがスーツの内ポケットから封筒を取り出し、太郎の肩を叩《たた》く。

「何だよ？」

「遅くなったけど受け取ってくれ」

「……これは？」

どうやら銀行の封筒のようだ。しかも、かなりの厚さがある。

「出産祝いだ」

「えっ？　祝いって……」

太郎が驚き、封筒の中を見た。震える手で札束を二つ取り出す。

どう見ても百万円以上あるやん……。

マモルも仰天して、あんぐりと口を開けている。

「こ、このお金は？」

太郎がこわごわとエンジェルに訊いた。

「だから、出産祝いだって言ってるだろ」

「貰えるわけねえだろ！」

「い、いくらあるんだよ？」

「二百万だ。五で割れば大した額じゃないよ」

「いらねえって！」

封筒を返そうとしても、エンジェルは両手をうしろに回して受け取ろうとしない。

「遠慮するな」

「するよ！」

太郎がエンジェルに封筒を押しつけ、ようやくエンジェルが渋々と受け取った。

「何でそんな大金を持ち歩いてんのよ」

清子の問いにエンジェルが目をパチクリとさせる。

「大金ではないだろ」

「アホ！　大金やんか！」

「またまた。人を担ごうとして」

エンジェルがニヤけながら封筒を内ポケットに戻す。

「どんな金銭感覚なんよ」

「て、言うか、どんな仕事をしてるんだよ？　いい加減、教えろよ！」

マモルが両手でエンジェルの肩を摑《つか》んで激しく揺すった。

「しつこいぞ」

エンジェルは首を横に振って教えようとしない。

「じゃあ、せめてヒントをくれよ。じゃなきゃ、気になって収録に集中できないって」

それは困る。清子は拝むようにエンジェルに向かって手を合わせた。

「エンジェル、ウチからもお願い」

「わかったよ。俺の仕事は……」エンジェルが焦《じ》らすように間を取った。「お前たちがよく知ってる仕事だ」

答えの幅が広すぎてヒントになっていない。

「ダーツか？」

マモルがピントのズレまくった答えを言う。

「オレはダーツなんて知らねえよ！　やったこともないし」

太郎が苛《いら》つき、怪我をしていない手で髪を掻《か》きむしる。

「ウチら三人だけしか知らんの？」

まずは答えを絞るのが先だ。

「いや。日本全国の人が知ってると思うよ」

エンジェルが意地悪なクイズの司会者のように不敵な笑みを零《こぼ》した。

……日本全国？　逆に広くなってわからない。

て、いうか早く答えを出して欲しい。クイズをやっている暇はないのだ。

「ますます、気になる。エンジェル、教えてください」

「ダメだ。ヒントから想像してくれ」

マモルの懇願をエンジェルがはね除《の》ける。

「できねえよ！」とうとう太郎の堪忍袋の緒が切れた。「教えてくれなきゃ、二十年ぶりにコチョコチョ拷問をするぞ！」

そう言って右手を見せ、揉《も》むように動かす。

「お！　懐かしいなあ！」

マモルが顔を輝かせる。

「何だ、それ？」

エンジェルが眉間に皺《しわ》を寄せた。

「コチョコチョ拷問だよ！　覚えてないのかよ！　俺たち三人でよく遊んだじゃん！」

たしかに、昔は男の子三人でよくじゃれあっていた。ませていた清子とミドリは、男の子たちの幼稚なノリが嫌いで見て見ぬふりをしていたが。

マモルが両手を上げ、太郎と同じく揉むように指を動かす。

「何をするつもりだ？」

「お前のわき腹をくすぐって、よく泣かしただろ」

マモルと太郎がエンジェルを中心にグルグルと回り、徐々に距離を縮めていく。

始まった……いい大人が何やってんねん。

彼らにとっては、この瞬間だけは《フィーバー5》にタイムスリップしているのだ。

滑稽ではあるが、どこか微笑ましくもある。

「そんなことしてたっけ？」

エンジェルが真顔で首を捻《ひね》る。

おかしい。二人にあれだけ泣かされていたのに覚えていないわけがない。

「思い出させてやるよ！」

マモルと太郎がタイミングを合わせてエンジェルに突っ込んだ。

しかし、エンジェルが豹《ひょう》のような俊敏な身のこなしで二人の突進を避《よ》ける。まるで、剣豪を演じるベテラン俳優の殺陣《たて》みたいだ。

「ちくしょう！　やっちまえ！」

マモルが間抜けな悪役のように太郎をけしかける。

「おう！　泣いてもコチョコチョやめねえからな！」

二人がまたもやエンジェルに襲いかかった。

一瞬だった。

エンジェルが流れるような動きで二人の手首を取り、演武のように捻りを加えて関節技を極《き》めたのだ。

あ、合気道？

しかも、達人レベルの動きだ。

「イタタタタ！」

「すまん。体が勝手に反応してしまった。職業病だ」

エンジェルが痛がる二人を解放して謝った。

だから何の仕事やねん！

マモルと太郎は手首を押さえながら苦悶《くもん》の表情を浮かべてうずくまっている。太郎の傷口が開いたらどうするつもりだ。

大金を持ち歩き、高いレベルで格闘技を習得している。誰がどう考えてもエンジェルは堅気ではない。

清子の視線に気づいたエンジェルが目を泳がせる。

「つ、次は僕が衣装に着替えてくるよ」逃げるようにしてそそくさと部屋を出て行こうとした。「僕のシュウマイは絶対に触らないでくれよ！」

またシュウマイだ。さすがに鬱陶しい。

8

「ちょっと、大丈夫なん？」

清子は、まだ立ち上がれないマモルと太郎に声をかけた。二人とも痛みより驚きのほうが強くて腰が抜けた状態だった。

「強すぎるよ、エンジェル……」

マモルがようやく体を起こし、極められた手首をぶらぶらと動かす。

「今のは完全にプロの動きだろ」

太郎も何とか立ち上がった。二人にさほどダメージはないが、それが逆に怖い。

あかん……こんなことしてる場合とちゃうやろ！

エンジェルに振り回されて、集中力が欠けてしまっている。このまま収録に入ればかなりの高確率でミスが起きてしまう。

「エンジェルの仕事はどうでもいいからダンスやろ」

清子は手を叩いて二人を鼓舞した。

「まだやるの？　もういいじゃん」

「オレ、疲れちゃったよ」

マズい。二人ともモチベーションが下がっている。

「もっと完璧を目指そうや。本番で失敗したらどうすんのよ」

「本番はしくじらないからさ。なあ、太郎」

「おう。任せとけ」

太郎がヘラヘラと笑いピースサインを作る。

「絶対やで。ウチ、ミドリに笑われるのだけは死んでも嫌やからな」

清子は拳を強く握り、殴りかかりそうな目で二人を睨《にら》んだ。頭から湯気が漏れそうだ。

「清子。ミドリのこと嫌いなのか？」

マモルが静かな声で訊いた。

全身がわなわなと震えてくる。ダメだ。もう抑えることができない。

「おいおい、怒りが滲《にじ》み出てるぞ」太郎が怪訝《けげん》な顔で清子を見つめる。「そんなに嫌ってんのか？」

「じゃあ、あんたらは好きなん？」

「そりゃあ……仲間だからな」

太郎が戸惑いながらも答える。

「仲間？　ミドリがウチらのこと仲間と思ってるわけないやん」

声まで震えてきた。爆発する寸前だ。怒りの導火線はあと数ミリしか残っていない。

「そんなのわかんねえだろ」

「じゃあ、この二十年間、ミドリとどんだけ話した？　直接会って、ご飯でも食べに行ったことある？」

「無理だろ。向こうはスーパースターなんだから」

「ミドリはな、ウチらのことなんて虫ケラぐらいしか思ってへんねん」

「おい、そんな言い方やめろよ」

「虫ケラやったらええほうや。ウチらは鼻クソ以下や」

「清子！」

太郎も声を荒らげた。

「事実やろ！　わかってるくせに、目を逸《そ》らさんとってよ！　テレビに出てへん女優なんて誰も認めてくれへんねん！　世間一般の人は、テレビに出てない人間の演技なんて観《み》たくないねん！　みんな、応援してくれてても言うことは一緒や。『早くテレビに出れるようになってな』やって。ふざけんなっちゅうに。ウチはテレビに出まくってたちゅうに！　ウチかってスーパースターやったんじゃ！」

長年、一人で抱えていたミドリへの思いを吐き出してしまった。だからと言ってスッキリできるわけがない。

誰にも言えなかった。言ってしまえば負けを認めることになる。ミドリの隣にいたのに、あっという間に置いてきぼりにされた。ぐんぐんと引き離され、どれだけ追いかけても無駄だった。

もうミドリの背中は見えない。

だけど、奇跡が起きた。またミドリと同じステージに立てるのだ。それは真っ暗闇の谷底に差し込んだ一筋の光だった。

桃谷清子という存在をミドリに示すことができる。彼女が清子にしたことを思い出させることができる。

「舞台女優がうまくいってないんだな」

マモルが優しい声で言った。

「そうや。薄々、気づいてたやろ？　ウチらの劇団は東京に山ほどあるパッとせえへん小劇団の一つや」

「劇団に入ってんのか」

　太郎にとっては初耳だ。

「劇団員は、全員バイトしてるわ。笑えるやろ」

　清子は大げさに笑い飛ばした。

　稽古よりもバイトをしている時間のほうが長い。それなのに、みんな親鳥を待つ雛《ひな》のように口を開けているだけだ。そんな奴らにチャンスが来るわけがない。売れるわけがない。

「笑えねえよ。オレだってフリーターだし」

「清子が看板女優なんだよな？」

　マモルが最悪に重苦しい空気を何とかしようとする。

「彼氏が座長やってるからな。看板女優兼、衣装や。収録が終わったら、稽古場行って、衣装を縫わなあかんねん」

　プロのスタッフを雇えるほどの予算があるわけがない。役者たちが、チラシを作り、小道具を集め、衣装を揃《そろ》え、セットを立てて公演が終わればバラす。

「それで、裁縫箱を持ってたのか……」

　マモルと太郎がやるせない顔になる。

「今、心の中でダサいと思ってるんやろ」

「思ってねえって！」太郎が怒鳴った。「どうして最初から本当のことを言わないんだよ。寂しいじゃねえか。一生懸命に女優を続けてるんだったら堂々と胸を張れよ！」

「無理や……」

全身に力が入らない。

高級ホテルの部屋……タバコ臭い息……伸《の》し掛かってくる……。

封印していたはずの記憶が鮮明に蘇《よみがえ》る。苦しい。息ができない。

「自分が売れてねえからって、ミドリに八つ当たりすんなよ！　心の底から女優になりたいと思うんだったら、ミドリに頭下げて、プロデューサーでも紹介してもらえばいいだろ！」

「紹介してもらった……」

清子は振り絞るように声にした。目の前に靄《もや》がかかり、何も見えなくなる。

「えっ……マジかよ。いつ紹介してもらったんだ？」

太郎の声だけが聞こえる。

「十年前……ウチが二十歳のとき」

「ミドリと会ったのか？」

「会ってはない。手紙でやりとりしてん」

「手紙？」

「だって、電話番号もメルアドも知らんし。差出人に《フィーバー5　桃谷清子》って書いてミドリの所属事務所に送ってん」

「それなら読んでくれる可能性は高いもんな」

「ウチが『映画女優になりたいから、誰か紹介してくれへんかな』って書いて送ったら、ある映画監督を紹介してもらってん」

一生懸命、書いた。読んで貰えるように何度も書き直して。手紙を祈りながらポストに投函《とうかん》した。

ミドリに届きますように。

祈りが通じた。それが地獄のはじまりだった。

「すげえじゃん」

「さすが、ミドリだよ」

マモルの声も聞こえた。

でも、二人の姿は見えない。代わりに靄に映写機の映像のように記憶が映し出される。

「ミドリからの手紙に書いてあった番号に電話したら、直接、監督が出て、『オーディションをするから東京に来るように』って言われてん。ウチは、めっちゃ喜んだよ。これで、やっとチャンスを摑めるかもしれへんって」

「オーディションは受けさせてもらえたのか」

「新宿のシティホテルで。二人きりで」

初老の監督は高級ホテルの部屋で、バスローブ姿でタバコを吸っていた。邦画ファンなら誰でも知っている有名な男だ。

「それって……」

マモルの声が怒りに満ちている。

「いわゆる、〝演技指導〟ってやつや。『君には女優として一番大切な色気が足りない』って言われてん」

「もちろん、抵抗したんだろ?」

太郎も怒っている。でも、もう遅い。

「できんかった」

「どうしてなんだよ!」

「監督に『あのミドリもこの演技指導を受けたんだよ』って言われたから」

負けたくなかった。どんな手段を使ってでもミドリに追いつきたかった。

ベッドの上で監督に伸し掛かられたときも、ミドリの顔を思い浮かべてやり過ごした。

待っとけや。いつかあんたを追い抜いてやるからな。

そう何度も唱えていたから、監督の荒い息が顔にかかっても耐えることができた。

「許せねえ。ミドリの奴、それをわかってて紹介したのかよ」

「結局、映画には出れなかったんやけどな」

その後、ミドリからも監督からも一切連絡はなかった。もう手紙を書く気力は残ってなく、清子は小劇団の門を叩いた。

「泣いてもいいぞ。思いっきり泣けよ」

マモルの声で白い靄が晴れ、部屋に戻った。二人がやり切れない顔で立っている。

「泣かへんわ。そんな暇はない」

清子は大きく息を吐き、唇を噛《か》み締めた。あの出来事を人に話すのは初めてだった。もし、収録の前でなければ、自分がどうなったかわからない。

でも、今は、涙は出ない。《フィーバー5》の衣装を着ているから。テレビに出るためにメイクをしているから。

「オレ、ミドリの顔を見た瞬間に殴るかもしれねえ」

太郎が、右手で壁を強く叩いた。

マモルは悲しい目をしたまま動かない。じっと、清子を見つめている。

「やめてや。そんなことしたらウチの努力が台無しになるやんか」清子は下腹に力を込めて言った。「何のためにウチが女優を続けてると思ってんのよ。早く超一流の女優になって、ミドリを見返すためやねん。ウチが涙を流すのはアカデミー賞のレッドカーペットを歩いたときや」

「わかった……手は出さねえと約束する」太郎のほうが泣きそうになっている。「オレたちにできることなら何でも言ってくれ。ミドリは殴らないけど監督は殴る。そいつの名前は何だ？」

「監督は殴る必要ない」

「いいから、教えろって」

「だって、もうこの世にいないねんもん」

「……死んだのか？」

「五年前に首を吊《つ》って自殺した」

ネットの記事で見たときは驚いたが、それ以上の感情は湧いてこなかった。遺書は残されていなかった。スランプで酒に溺れ、精神状態が不安定だったらしい。

「えっ？　誰だ？　ニュースになっただろうからわかるよな」

「終わったことやし。もう、ええから」

「よくねえだろ。マモル、わかるか？」

マモルは返事をしなかった。魂が抜かれたみたいに棒立ちになっている。

「おい、マモル！」

「マモル……どうしたん？」

清子の声にマモルがようやく我に返った。

「俺も……ミドリに恨みがあるんだ」

9

清子と太郎は驚いて目を合わせた。

「どんな恨みなん？」

「ミドリとの間に何かあったのか？」

太郎の質問にマモルがゾンビのような顔色で頷く。

「言えよ。何があったんだ」

「ミドリのせいで、俺は刑務所に入っていた」

「ええっ！」清子は思わず声を張り上げた。「なんで、刑務所なんかに……」

「俺は何もやっていない。無実だ」

マモルが空気の抜けた風船みたいにパイプ椅子に座り込む。

「無実やったら刑務所に入らなくてもええやん」

「ミドリの罪を被《かぶ》ったんだよ」

清子は声を失った。

……罪？　ミドリの？

マモルは一体、何をしたというのか。これ以上、聞くのが恐ろしい。先に深い穴があるとわかっているのに、目隠しをして歩いている気分だ。

「く、詳しく説明しろよ」

太郎も怯《おび》えている。

マモルはしばらく目を閉じ、首のうしろで手を組んだ。自分の身に起こった過去を話すかどうか悩んでいる。

清子と太郎は息を呑《の》み、マモルが口を開くのを待った。

「この話は誰にも言わないでくれ」

「うん。言わへん」

「約束できるか？」

マモルがゆっくりと瞼《まぶた》を開け、小さく息を吐いた。

清子は深く頷いた。太郎も動揺しながらも続いて首を振る。

「俺が二十三歳のころだから八年前の話だ。ある日の夜、一人暮らしの家でゴロゴロしてたら、突然、俺のケータイにミドリから電話がかかってきたんだ」

「ミドリに電話番号を教えてたん？」

「解散してから、一度も会ってないし、話してもないよ」

「ほんじゃあ、何でミドリがマモルの番号を知ってんのよ？」

「それが、今でも謎なんだよ……。たぶん、金にモノを言わせて調べたんだと思う」

ミドリなら、元メンバーの所在や連絡先を調べるぐらい容易《たやす》いだろう。

「ミドリに呼び出されたのか？」

太郎の問いにマモルが力なく頷く。

「六本木の、あるクラブのＶＩＰルームに来てくれって言われたんだ」

「そこにミドリがおったん？」

テレビで活躍するミドリにクラブ遊びをしているイメージはない。清潔感に溢《あふ》れ、ダークな世界とは縁がなさそうなのだ。

「いや、いなかった。ミドリのマネージャーがいた」

「他には誰もおらんかったの?」

「もう一人いた」マモルが虚ろな目で呟《つぶや》く。「黒人の男が泡を吹いて倒れていたんだ」

「何や の……それ……」

「まさか……死んでいたのか?」

太郎がマモルに近づき、真横のパイプ椅子に座った。

「ああ。死んでいたよ。ソファの前のガラステーブルに、白い粉と丸めたお札があった」

オーバードーズだ。犯罪映画の中でしか起きないような出来事に、マモルは巻き込まれたのだ。

「なんでそんな現場にマモルが呼ばれたんよ?」

「死体を運ぶのを手伝ってくれって……黒人は二メートル近い巨漢でマネージャー一人ではどうにもできなかった」

「ちょっと待って。マモルは関係ないやんか。解散してから一度もミドリと会ってなかったんやろ?」

「電話で話したのも十二年ぶりだった」

マモルの顔から感情が消えている。さっきの清子と一緒で過去の記憶しか見えていないのだろう。

「それで、その黒人の死体を運んだのかよ?」

太郎が続きを話せと急《せ》かす。

「運んだよ。二人がかりで持ち上げて、酔っ払いを介抱するフリをした」

「なんでそこまですんのよ? 共犯になってしまってるやん」

「お前、弱味でも握られてたのか?」

マモルが深いため息をついた。

幸せが逃げるよと教えたいけどできない。この部屋に、幸せなんてものは残っていなかった。

「俺……ミドリのことが、ずっと好きだったんだよ」

知っていた。《フィーバー5》のときから、マモルの視線はいつもミドリを追っていた。ミドリと話をしているときは耳が赤くなっていた。ミドリと踊っているときは、本当に……本当に嬉《うれ》しそうだった。

「俺の一方的な片思いなんだけどな」

ミドリはその気持ちを知っていてマモルを利用した。トラブルの処理をするために都合のいい人間を探し、マモルを選んだ。

「でも、長年会ってないのにミドリはどうやってマモルの気持ちを知ったんだ？」

「毎年、ミドリの誕生日に花を贈ってたからな」

……許せない。あの女だけは絶対に許せない。

「黒人の死体をどこに運んだんだよ」

太郎が怒りを堪《こら》えて訊いた。怪我していない右手を握り、激しく貧乏揺すりをしている。

「俺の車で東京湾に捨てに行くことになったんだ。その途中で、緊張のあまりに首都高速で事故を起こしてしまって……」

「死体がバレたん？」

「ああ……。俺、意識を失ってしまって、気がついたら病室のベッドで警察に囲まれていた」

「マネージャーは？」

「いなかった。助手席に乗っていたんだけど、事故を起こしてすぐ俺を置いて逃げたんだ」

「もしかして、一人で全部罪を被ったん？」

マモルが微笑み、頷いた。でも、眼の奥の悲しみは消えない。

「アホちゃう……いくらミドリのことが好きやからって……」

「俺が黙っていれば、ミドリはスーパースターでいられるんだ。そんなチンケなスキャンダルで、ミドリの女優人生を終わらせたくなかったんだよ」

お人好《ひとよ》しにもほどがある。他人のために、自分の人生を棒に振ったのだ。

「カッコつけてんじゃねえぞ！　お前……どこまで……クソッ！」

太郎がキレた。泣きそうになりながらマモルを責めた。

「しょうがねえだろ！　俺がミドリのためにできることはそれしかなかったんだよ！」

「マモル……ミドリは『ありがとう』って言ってくれたん？」

「六年間服役したけど、ミドリは一度も面会に来てくれなかったし、手紙もくれなかった。出所した後も連絡は一切ない」

「ひでえ」

太郎が歯を食いしばり、天井を仰いだ。

「だから、恨んでるんやね」

「忘れようとしてたんだけど……やっぱり忘れられないや」

「当たり前やんか」

ミドリからトラウマを受けたのは清子だけではなかった。マモルはこの恨みを抱えていたにも拘《かかわ》らず、ミドリを尊敬していた。ミドリを崇拝し続けることで、自分の過去を正当化したかったのだ。

「だけど、刑務所に入って一年目の俺の誕生日にプレゼントが届いたんだ」

「……誰から？」

「わからない。差出人の名前は明らかに偽名だった」

「何を貰ったん？」

「これだよ」

マモルが長机の上のダーツを手に取った。

「プレゼントにダーツが送られてきたん？」

「覚えてないか？《フィーバー5》のとき楽屋でダーツごっこが流行《はや》っただろ？ほら、押しピンを使ってさ。ティッシュペーパーを羽根にして。手作りのダーツを作ったじゃないか」

「ああ……そんなこともあったな」太郎が記憶の糸を辿《たど》る。「ぼんやりとしか覚えてねえけど」

清子も薄《うっす》らと思い出した。あのころは、収録の合間の待ち時間に色んな遊びを考えだしていた。ダーツごっこもそのうちの一つだ。

「俺がチャンピオンだったんだよ」マモルの目に光が戻った。「ミドリは、覚えてくれてたんだ」

「じゃあ、刑務所にダーツを送ってきたのはミドリってことなん？」

「それしか考えられないだろ。刑務所は暇だったから、練習しまくったよ」

そのおかげにより大会で全国二位になり、ダーツバーの副店長になったというわけだ。

皮肉としかいいようがない。マモルは今もミドリの影を振り払えずにいる。

それは……ウチも同じやけど。

ミドリのせいで人生が崩壊した。自分で選んだ道だと何度も自分に言い聞かせても、テレビの向こうから笑いかけるミドリを見ては吐きそうになる。

ドアが開いた。

「みんな！　お待たせ！」衣装に着替えたエンジェルが帰ってきた。「シュウマイは食べてないだろうな？」

「しつこいって！」清子は顔をしかめて答えた。「えらい時間かかったんやね」

「そうなんだ。衣装のサイズが全然合わなくて、スタイリストさんにお直ししてもらってたんだよ」

銀色に輝く豚がそこに立っている。似合うとか似合わないとかの話ではない。

「違和感しかねえな。ひどいぞ、マジで」

太郎がさっそくディスる。

「やめろよ」

エンジェルがなぜか嬉しそうにかぶりを振った。

「ウチが視聴者やったら、すぐチャンネル替えるわ」

「やめろって」

エンジェルの登場で強制的に、重苦しかった場の空気が少しだけ緩んだ。ただ、マモルが可哀想《かわいそう》で見てられない。

「次は俺が着替えてくるよ」

マモル自身が耐えられなくなったのか、ドアを開けて出て行った。曲がった背中がひどく淋《さび》しげだ。

10

「どうしたの？　二人とも暗い顔しちゃって」

エンジェルが清子と太郎の顔を順に覗《のぞ》き込む。

「マモルの壮絶な過去を聞いたんだよ」

太郎が鬱陶しそうに答えた。

「ああ、黒人のオーバードーズの罪を被って刑務所に入ってた件ね」

エンジェルがあっけらかんと言った。

「……なんで知ってんの？」

「マモルから聞いたのか？」

「いや、自分で調べた。それが仕事だから」

「だから、何の仕事やねん！」

「清子の過去も知ってるよ」

平然と言ってのけるエンジェルにゾクリと背中が寒くなる。

「ウチの……何を知ってんの？」

「新宿のシティホテルで映画監督に〝枕〟を強要されたんだろ？」

後頭部を固いもので殴られたような衝撃が清子を襲う。

何で知ってるのよ……。

狭い部屋の壁がぐにゃりと曲がり、天井が回る。膝から下の感覚がなくなったみたいにふらついてまともに立っていられない。

「それも調べたのか？」

太郎もエンジェルに恐怖を感じている。

「そうだ。太郎の過去も知ってるぞ」エンジェルがわずかに目を細めた。「奥さんをミドリに殺されたんだろ？」

「何言ってんのよ、あんた」

冗談にしては酷《ひど》すぎる。面白くも何ともない。

だが、太郎は真顔のまま動かない。

……嘘《うそ》やろ？

清子は笑おうとしたが頬が引き攣《つ》ってしまう。

「ほんまなん？　ほんまにミドリに殺されたん？」

太郎は何も言ってくれない。

「俺が説明してやるよ」エンジェルが代わりに答える。「太郎の奥さんは家計を支えるためにタクシードライバーをしていたんだ。そして二年前のある日、飲酒運転で事故を起こし、お亡くなりになった」

「それやったら、ただの交通事故やんか」

「違う！　アイツは酒が飲めないんだ！」

　太郎が目を真っ赤にさせて反論した。

「……ミドリが飲ませたん？」

「それはわからない。だが、事故の日、最後に乗せた乗客がミドリだった。嫁はオレにメールで《大庭ミドリを今乗せてるよ》って送ってきたんだ」

「一体、タクシーの中で何があったんよ？　なんでミドリが太郎の奥さんを殺す必要があるんよ？」

　わけがわからない。スーパースターのミドリがどうしてそんなことをしなくてはいけないのか。

「オレが聞きてえよ。警察には、単なる偶然だと言われたよ。動機がないのに殺すわけないって……」

　清子はハッとして太郎とエンジェルを交互に見た。

「もしかして、さっき太郎をトイレで襲った犯人はミドリ？」

「それは違うよ……」

太郎が自信なげに言った。

「なんで言い切れんのよ？　ミドリは自分が太郎の奥さんを殺したことがバレるのを恐れて、太郎も殺そうとしたんやわ」

「だって、オレが襲われた場所は男子便所だぜ？」

「ニット帽とマスクをしてたんやろ？　ミドリは昔から変装が上手《うま》かってんで」

「ミドリの動機が判明しない限り、犯人と断定はできないんだよ」

太郎がうんざりした表情になる。

一番辛いのは太郎自身だ。何度もミドリを疑い、そのたびにどうにもならない現実に押し潰されてきたのだろう。

「太郎」

エンジェルが清子を押しのけるようにして、太郎と向き合った。

「な、何だよ……」

「やられる前にやろう」

太郎の両肩をガッシリと摑む。

「えっ？」

「ミドリを殺そうぜ」

「はあ？　正気か、お前？」

太郎が思わず笑う。

だが、エンジェルの横顔は真剣そのものだ。真っ直ぐ太郎の目を見ている。

「復讐《ふくしゅう》するんだ。お前たちは、あの女のせいで人生を狂わされたんだぞ。清子も手伝ってくれるよな？」

「たしかに復讐はしたいけど……殺すなんて……」

ミドリのことを殺してやりたいと思ったことがないと言えば嘘になる。でも、それが現実になるなんてありえない。

「良かったな、太郎。奥さんの仇《かたき》が取れるぞ」

「む、無理に決まってんだろ」

太郎が肩に置かれたエンジェルの手を払いのける。

「ぶっ殺してやろうぜ。ああ、腕が鳴る」

エンジェルが、登板前のメジャーリーグのエースのように右腕をグルグルと回す。

「聞いてんのかよ、お前！　まだミドリが犯人と決まったわけじゃねえだろ！」

明らかにエンジェルの様子がおかしい。興奮状態で眼の焦点があってないのだ。

こいつ……何者なんよ？

会っていなかった二十年間で、エンジェルをこんな風に変えたのは何だ？

「ミーティングだ！」

エンジェルがホワイトボードに近寄り、マーカーを取って勢いよく書きだした。

《ミドリ殺害計画》

書き終えたエンジェルが、イケイケの予備校講師みたいにくるりと振り返る。

「やるなら今しかないんだぞ！」

「今って……今日ってことなん？」

「今日だ」

エンジェルが揺るぎない顔で深く頷く。

「お、おい、落ち着けよ」

「落ち着いてるとも。取り乱してるのはお前だ、太郎。《フィーバー5》が二十年ぶりに再会したのはミドリを殺すためだったんだ」

無茶苦茶だ。だけど、エンジェルの目に吸い込まれそうになる。なぜか、不可能を可能にしそうに思えてしまう。

まるで……洗脳をされているみたいだ。

「無理に決まってんだろ！」

太郎が叫んだ。

「やる前から諦めるのはやめろよ。昔はリーダーの太郎が僕たちを励ましてくれてたじゃないか」エンジェルが悪魔のように囁《ささや》く。「こんなチャンスは二度とないぞ」

「マジかよ……」

「もちろん、僕たちは警察に逮捕されない。やるからには完全犯罪を目指す。それなら安心だろ？」

「あのなあ……」太郎が納得いくわけもなく首を捻る。「完全犯罪なんて現実にありえねえだろ。どうやって殺すんだよ？」

「方法は色々とある」

エンジェルが胸を張り、下腹を突き出す。本当に、この自信溢れる態度はどこから来るのだろうか。

「どんな方法だよ」

「一番お手軽なのは毒殺だな」

「毒がねえって！　だいたい、そんな危険なものがテレビ局にあるわけないだろ」

太郎が残念でしたとばかりに手をひらひらと振る。

「いくらでもあるぞ。僕たちは普段から毒物に囲まれて生活していると言っても過言ではない」

「はあ？　意味がわかんねえ」

「すべては致死量の問題なんだよ。青酸カリなら〇・二グラム。耳かきひとすくいの量で充分だ。でも、青酸カリの問題は入手が困難であること。だったら、誰もが手に入れることのできる物を毒にしてしまえばいい。たとえば、醤油《しょうゆ》。一リットル飲めば死に至《いた》る」

「飲めへんわ！」清子はたまらず横から入った。「一升瓶で飲ませなあかんやんか！」

「他にはねえのかよ？　終わりとか言うなよ」

太郎は細い眉を上げ、エンジェルを挑発した。

「カフェインの致死量は十グラム」

「十？　意外とすくないな……」

それならいけそうな気がする。

「コーヒーなら八十杯。紅茶で百八十杯。コーラで二百本分だ」

「だから、飲めへんわ！」

漫才でもやっているような気分になってきた。

「全然、現実的じゃねえな」

「では、現実的な話をしよう」エンジェルはめげる様子もなく続けた。「ニコチンなら夕バコ二・五本分が致死量だ」

清子は太郎と顔を見合わせる。

「太郎、タバコ、持ってる?」

「吸わねえけど、コンビニで買えるよな」

エンジェルが満足げに頷き、有能な弁護士の如《ごと》く、ゆっくりとした足取りで部屋を歩き出す。

「絵の具なら、三グラム。美術さんから拝借すればいい。絵の具の成分に、カドミウムが含まれていることが条件だがな」

「いやいや」太郎がさっきよりも速く手を振る。「絵の具なんてどうやってミドリに食べさせるんだよ?　無理!　無理!」

「ジュースにでも溶かせばいい」

「そのジュースを都合よく飲んでくれねえだろ!」

「まあ、ジュースを飲むように、布石を打たなければならないだろうな」

「たとえ、飲んだとしても味ですぐわかるだろ?　はい、ダメ!」

「方法はなくもないで……」

清子は、長机の上の弁当とペットボトルのお茶を見て呟いた。

アイデアが閃《ひらめ》いてしまった。もちろん、ミドリを殺そうとは思わないけれど……。

「どんな方法だい？」

エンジェルが薄らと笑みを浮かべる。生徒の答えを待つ教師のようだ。

「ミドリの弁当に、めっちゃ塩コショウを振りかけるねん。タバスコでもいいわ」

「はあ？　何だよ、それ」

太郎が非難めいた目で清子を見た。

自分でもわからないけれど、エンジェルに引っ張られて頭が冴えてきた。

「イメージトレーニングをしてみようぜ」

エンジェルが太郎を強引にパイプ椅子に座らせる。そして、何を思ったのか食べかけの弁当を渡した。

「おいおい、いらねえって」

「清子、こういうことだろ？」

エンジェルが太郎を無視し、弁当のおかずの竹輪の磯辺揚げに《からし》をたっぷりとつける。しかも、竹輪の磯辺揚げにはエンジェルがかじったあとがある。

「うん。そうやけど……からし塗るならシュウマイのほうがええんとちゃう？」

「ダメだ。シュウマイは僕のものだから」

エンジェルが、よくわからない理由で却下する。

「……へっ？」

太郎だけが理解できず、置いてきぼりだ。

「ほら。食べてみろ」

エンジェルがからし色にコーティングされた竹輪の磯辺揚げを割り箸で摑んだ。

「食うわけねえだろ」

「いいから、早くしろ」

「ふざけんな！　からしをつけ過ぎだろうが！」

「イメトレが何よりも大切だと、《フィーバー5》のころにダンスのコーチに教えてもらっただろ？」

鬼コーチの近藤エミのことだ。

彼女はスタジオで『ここは武道館のステージよ！　何万人から観られてるんだから、もっとキラキラとしなさい！』と叫んでいた。

「殺しのイメトレなんか聞いたことねえよ」

「なんでも応用が大切なんだよ。食え」

エンジェルが、からしたっぷりの竹輪の磯辺揚げを太郎の口にねじ込んだ。

「ぬおっ」太郎が、辛さのあまり悶絶《もんぜつ》して跳ね上がり、慌ててペットボトルのお茶を飲む。「何のイメトレだよ、これ！」

「もし、そのお茶にジュースが溶かしてあったら？」

エンジェルが得意げに太郎の手のペットボトルを指す。

「え？」

「口の中がマヒしているから味がわからないだろ？　カドミウム入りの絵の具が溶かしてあっても気づかない」

「いやいやいや、無理があるって！　なあ、清子？」

「う、うん……」

無理なのはわかっているが、確率はゼロではない。エンジェルと話しているとそう思わされてしまう。

「どこが？　決して不可能ではない」

エンジェルが余裕の顔のまま食い下がり、ホワイトボードに『塩コショウ』と『絵の具』と書いた。

「だって、どうやってミドリの楽屋に忍び込むんだよ」

「ADやスタッフのフリをするというのはどうだ？」

「どうせ、ウチらは一般人と同じオーラしかないねんからピッタリやな……」

清子は自虐的に笑った。

「そんな簡単にうまくいくわけねえだろ……人生は映画じゃねえんだぞ」

「いや、人生は映画よりドラマティックだ」

エンジェルが続けて、ホワイトボードに『ジュース』と書く。

「おい、さっきから何、書いてんだよ」

「ミドリ殺害のために用意するものだ」エンジェルがマーカーを指で回して答える。

「絵の具を溶かすからオレンジジュースがいいな。黄色と赤色の絵の具を美術さんから盗《と》ってこよう」

エンジェルの知識は眉唾だが、本当に絵の具だけで殺せるのだとすれば刺したり、殴ったり、首を絞めるよりは罪の意識は軽そうだ。

「もし、ミドリが腹を空かしてなかったらどうすんだよ？」太郎が負けじと言い返した。「外で食べてくる可能性だって充分にありえるわけだろ？　清子みたいに体型に気を使ってダイエットしていたらロケ弁は食わねえんじゃないか？」

大いにありえる。好きなものをバクバク食べていたらミドリみたいなスタイルは維持できない。

「では、他の殺し方もイメトレしておこうか」エンジェルにはさらさら諦める気はなさそうだ。「熱烈なストーカーによる殺人はどうだ？」

「それやったら、絵の具よりはリアリティーがあるけど……」

清子は思わず賛同した。

「あるか？」

太郎が眉をひそめる。

「実際、太郎も襲われただろ。あの通り魔をミドリ殺害の犯人に仕立てあげるんだ」

「ストーカーかどうかわからないけどな……」

「でも……刃物を持っていて、いきなり襲いかかってきたんは事実やん」

太郎の左腕の傷が何よりの証拠になる。

「よしっ」エンジェルがポンと手を打った。「テンガロンハットの男がミドリを殺したことにしよう」

「何言ってんだ、お前？　オレが襲われたのはニット帽の男だよ」

「ニット帽をかぶっている男じゃインパクトが弱い」

「インパクトを求めてどうすんだよ」

　そもそも、テンガロンハットはどこから出てきたのか。

「ニット帽をかぶっている人間はこの局に何人もいる。罪のない一般市民を巻き込みたくない」

「そうだけどさ……」

「いいか、太郎。お前は『トイレでいきなり見知らぬテンガロンハットの男に襲われた』と警察に証言してくれ。清子は『テンガロンハットの男を局の廊下で見た』と証言する。そして、僕とマモルは収録前の挨拶のために寄ったミドリの楽屋でテンガロンハットの男がミドリをナイフで刺している瞬間を目撃したと証言する。実際に殺すのは僕だけどな」エンジェルは口から泡を飛ばして続けた。「僕とマモルの証言はこうだ。『ミドリを助けようとしたが反撃にあって逃げられた』と言う。信憑性《しんぴょうせい》を出すため、マモルは僕の腹をナイフで軽く刺しておく」

　テンガロンハットという単語を並べ過ぎの荒唐無稽な計画だけど、早口で滑舌がよく堂々と持論を展開するエンジェルが本物の弁護士に見えてきた。

　ウチら四人が、目撃者になるわけか……。

　果たして警察の前で演技ができるだろうか？　今までの演技の訓練が役に立つとす

れば、復讐としては成立する。

しかし、妄想とはいえ、さらりと「殺すのは僕」や「僕の腹をナイフで軽く刺しておく」と言ったエンジェルが不気味でしょうがない。

「そんなにうまく行くわけねえよ」太郎は納得いかないようで首を振った。「大体、ミドリが一人になることってあるのか。マネージャーやスタッフにずっと囲まれてるハズだろ?」

「そのとおり。ミドリを一人きりにするための布石を打つ必要がある」

エンジェルは諦めようとしない。子供のころは、こんなに粘り強い人間ではなかったのに。

「都合よく一人きりにならねえって」太郎が肩をすくめる。「たとえ一人きりになったとしても、マネージャーやスタッフがすぐに戻ってくるだろうし」

「人生は脚本どおりにはいかない。だから、運命は自分の手で書き換えるしかないんだ」

エンジェルが静かな声で言った。不思議とその言葉がしんみりと胸に染みわたる。

11

ドアが開き、マモルが衣装に着替えて入ってきた。

「どう？　似合うかな。なんだか照れくさいや」

違和感はあるが、元が爽やかなイケメンの分、清子やエンジェルよりは板についている。

「ミドリ殺害計画？」マモルがホワイトボードの文字に気づいた。「塩コショウ……絵の具……ジュース？　何がどうなってんだよ？」

「これは毒殺だ」

エンジェルが説明する。

「このレシピで死ぬわけないだろ」

マモルが笑いながら返した。

「それが死ぬんだよ」エンジェルが顔の前で人差し指を振る。「すべては致死量の問題なんだよ。ボツリヌス毒素なら、〇・〇〇〇〇〇〇〇五グラムで死に至る」

「ワケわかんないよ」

マモルはまだ笑っている。

「とりあえず、次は太郎が着替えてきてや。続きはウチらで考えとくから」

清子は太郎に言った。着替えていないのは一人だけだ。

「お、おう……。てか、勝手に決定とかすんなよ。オレは反対なのは変わらねえからな」

太郎が開いたままのドアから外に出る。

「なるべく早く着替えてきてな」

背中越しに声をかけたが返事はなかった。

「俺が着替えてる間に何があったんだよ？」

マモルがドアを閉めながら訊《き》いた。もう笑ってはおらず、不安げな表情を覗《のぞ》かせている。緊迫した空気を察知したのだろう。

「ミドリを殺そうかって話をしとってん」

清子は、すんなりと「殺す」という言葉が出た自分に驚いた。

ウチ……その気になってるやんか……。

エンジェルの説得が洗脳というよりは、ポジティブなコーチングみたいでモチベーションが上がってしまうのだ。

「えっ……マジで？」

マモルが唖然《あぜん》としてエンジェルに訊く。

「マモル、復讐《ふくしゅう》の火蓋は切られたぞ」

「か、勝手に切るなよ」

「太郎の奥さんが……ミドリに殺されたかもしれへんねん」

清子はエンジェルの隣に並び、マモルの目をしっかりと見て言った。二対一で説得する形になっている。

「……嘘《うそ》だろ？」

「太郎の奥さん、タクシーの運転手をやっててんけど、ミドリに酒を飲まされて交通事故を起こした可能性があるの」

「ありえねえ……」

「お前の好きだったミドリは、変わってしまったんだよ」絶句するマモルの肩に、エンジェルが手を置いた。「狂わされた人生を、今日で終わりにするんだ」

「殺さないにしても……ちょっとは懲らしめてやりたいかもだけど……」

「ううん。殺す」

清子の中で、何かがプツンと切れた。

高級ホテルの部屋……タバコ臭い息……伸《の》し掛かってくる初老の男。

忘れるためには、自分の手で運命を書き換えなければならない。

「どうしても……ミドリを殺さなきゃダメなのか？」

マモルが悲しげな目で訊いた。

黒人の死体を運んで警察に逮捕されたことを思い出しているのだろう。ミドリに裏切られた傷を癒すためには、ミドリの存在をこの世から消すしかないこともわかっているはずだ。

「あかんよ。太郎の奥さん殺されてんで」

「太郎の奥さんとミドリは知り合いだったのか？」

「いや、違う」

エンジェルが清子と交代して答える。

「太郎とミドリは解散してからずっと会ってなかったんだろ？」

「そうだ」

「どうしてミドリは、太郎の奥さんを殺す必要があったんだよ？」

「タクシーの運転手というのは、色んな噂《うわさ》を耳にする職業だ。もしかすると、ミドリの秘密を知ってしまったのかもしれない」

憶測に過ぎないけれど、それしか考えられない。ミドリには全国のファンが知らない一面があるのはたしかなのだ。キッズアイドルとしてともに戦った仲間を平気で裏切ってきたのだ。

「ミドリには、俺たちが今日知った以外にも秘密があるのかよ?」

「そりゃあるさ」エンジェルが自分に言い聞かせるように呟《つぶや》いた。「ましてや、国民的スーパースターになった人物は、絶対に人には言えない秘密を持っている。輝く光が強いほど影は色濃くなるんだよ」

エンジェルにも秘密がある。ミドリの殺害計画を本当に実行するのであれば、その前に秘密を教えてもらうのが先だ。

廊下からドタバタと足音が近づいてくるのが聞こえてきた。次の瞬間、ドアが勢いよく開き、太郎が飛び込んでくる。

「ただいま!」

「はやっ!」

ちゃんと衣装に着替えている。イリュージョン並の速さだ。

「清子が早くって言ったんだろ」太郎が息を切らしながら言った。「それに、オレのいないところで話を進められるのが嫌だったしな」

「話は全然、進んでへんよ。今、なんでこうなったかマモルに説明してたとこ」

「ミドリを一人きりにする方法考えた?」

太郎が並んで立っている清子とエンジェルを交互に見た。

「まだやで」

「オレ、着替えながら思いついたんだけどさ。ミドリが、確実に一人きりになる場所があったぞ」

「どこよ?」

太郎が深呼吸をして息を整え、言った。

「女子トイレだよ」

「そっか! そこがあったか。さすがにトイレまでは、マネージャーもスタッフもついて来られへんもんな」

「盲点をつかれたな」

エンジェルがピシャリと額を叩《たた》く。トンコツの背脂のような汗が床に飛び散った。

「オレもトイレで襲われたから、ミドリもトイレで襲われるのが自然だろ?」

太郎がゴールを決めたサッカー少年みたいな顔になる。さっきまで反対していたのに何で心境の変化が訪れたのか。

きっと、奥さんのことを思い出したんや……。

このギラギラの衣装を着たことによって、非現実なことを受け入れる態勢になっているのかもしれない。《フィーバー5》のときは、毎日が夢の中にいるようだった。

「本当に……ミドリを殺すつもりなのかよ」

マモルは話についていけず、まだ戸惑っている。

「狂わされた人生を取り返すんだ」

エンジェルが、またあの台詞《せりふ》を言った。

だが、大きな問題が残っている。

「ちょっと待って」清子はマモルの説得にかかっているエンジェルに言った。「太郎の作戦やったらエンジェルが女子トイレでミドリを殺すってことになるで」

「いくら凄腕《すごうで》の僕でも、それは無理だ」エンジェルの顔が珍しく青ざめる。「清子、交代しよう」

「え？　ウチが？」

「僕は、廊下でテンガロンハットの男を目撃したことにする。清子は、女子トイレでミドリを襲うテンガロンハットの男と遭遇し、助けようとしたが刺されたことにしてくれ。なあに、簡単だ。自分でお腹《なか》を軽く刺して倒れておけばいい」

「簡単なわけないやろ！　切腹なんて無理やって！」

「大丈夫。やり方を教える」エンジェルが清子の手を握ってきた。「二、三回練習すれば、誰でもマスターできるから安心しろ」

「安心できるか！」

清子は、エンジェルの手を振り払おうとしたが、強い力で握り、放してくれようとしない。

「内臓を傷つけないように、皮下脂肪をサクッと五センチほど切るだけだ。なあに、楽勝だよ！」

エンジェルがウインクをした。また気持ち悪い女の仕草だ。

「どこが楽勝やねん！」

「ミドリを殺したあとだったら、それぐらいできるだろ。脳からアドレナリンがガンガン出ているから痛みがないのは保証するぞ」

「無理無理無理無理！　ウチは殺し屋とちゃうで！」

女子トイレにエンジェルが入ってくることはできない。清子一人で重要な仕事を完結しなければならないのだ。

「女優だろ？　殺し屋を演じるんだ」エンジェルが神妙な顔つきになる。「ミドリも殺し屋を演じたぞ。負けてもいいのか？」

「向こうは映画やんか！　こっちは現実やで！」

「現実を変えろ！　このまま負け犬の人生で吠《ほ》え続けるのか？　運命を書き換えろ！　書き換えるしかないんだよ！」

エンジェルの力強い声が、清子の魂を激しく揺さぶった。

このままの人生でいいわけがない。テレビをつけるたびに、街を歩くたびにミドリの顔を見ては心がえぐられるなんてもう嫌だ。

清子は歯を食いしばった。ギリギリと奥歯が鳴る。

「マモルはどうする？　ミドリに復讐するのか、しないのか？」

エンジェルの言葉に、マモルがブルブルと体を震わせる。

ミドリを想《おも》い続けて、裏切られ、冷たい牢屋《ろうや》に閉じ込められた可哀想《かわいそう》な男……。

「復讐したいんだろ！」

「……したい」

マモルがコクリと頷《うなず》き、下唇を噛《か》んだ。

「太郎はどうだ？　逃げるのか？　それとも、奥さんのために戦うか？」

エンジェルの言葉に、太郎の小さな体が貫かれたのがわかった。

「やってやるよ……仇《かたき》をとってやるから待ってろよ……」

太郎が天井を眺めて目を潤ませた。

「そうこなくっちゃ」エンジェルが嬉《うれ》しそうに頷いた。「あとは、清子が腹をくるだけだぞ」

「そりゃ……ウチかって復讐はしたい。でも……一人でミドリを殺すなんてできるわけがないわ」

「一人じゃねえだろ！　四人だろ！」

太郎が吠えた。《フィーバー5》のリーダーの顔に戻っている。

エンジェルが、四人の前に、すっと手を伸ばした。

「何やってんの？」

マモルがキョトンとした顔になる。

「ほら！」エンジェルが、もう一度大げさに手を伸ばす。「手を重ねろよ！　武道館のときもみんなでやっただろ！」

思い出した。《フィーバー5》のステージ前の掛け声だ。やろうと言い出したのはミドリだったはずだ。

いつもメンバーに気合を入れるのがミドリの役目だった。清子の役目は、関西お笑いノリでみんなを笑わせ、緊張をほぐすことだった。

……この何年も人笑わせてないけどな。

変わったのはミドリだけではない。ここにはもう、《フィーバー5》はいないのだ。

清子は照れ臭さを隠し、エンジェルの厚い手に自分の手を重ねた。それを見たマモルと太郎が続く。

四人の手が重なった。

「じゃ、リーダー。掛け声頼むぞ」

エンジェルが太郎に言った。

「覚えてるかなあ」

「覚えてるくせに」

マモルが鼻の下を伸ばす太郎をからかった。

太郎が大きく息を吸い込み、キリッとした目でみんなを見た。

「勇気出せよ！」

「おう！」

清子たちが声を張り上げる。

「あきらめんなよ！」

「おう！」

「笑顔作れよ！」

「おう！」

「フィーバー！」

太郎が顔を真っ赤にして叫ぶ。

「ファイヴ！」

清子たちも合わせて叫び、重ねていた手を高々と上げて、五本の指を開いた。《フィーバー5》の五だ。

そのうちの一本だった人間を今から殺す。

「みなぎってきたー！」エンジェルが激しく両手を回す。「ミーティングしようぜ！」

「オッケー！」

マモルもノリノリで返事をし、ホワイトボードのマーカーをエンジェルに渡す。

エンジェルはホワイトボード消しを取り、書かれている文字を消して新たに『トイレで殺す』と書いた。

あまりにも直接的だが、本人は大真面目である。

間髪入れずにエンジェルが、文字の下にテレビ局の簡単な見取り図を描いていく。

絵は決して上手《うま》くないがシンプルでわかりやすい。

「ここが、今、僕たちがいる部屋だ。防犯カメラの位置はあとで調べよう」

エンジェルが見取り図を指す。L字の廊下の端の小さな正方形だ。

「ミドリの部屋はどこなん？」

「ここだ」

L字の廊下を曲がった反対側に、エンジェルが大きな正方形を描き足した。

「デカっ！」

こっちの部屋のゆうに五倍はある。悔しいけれど、これが現実だ。

「女子トイレはどこだ？」

太郎が訊いた。

「ここだ」

エンジェルがL字の廊下の角に女子トイレの長方形を描く。ちょうど、この部屋とミドリの楽屋の中間地点だ。

「まずは、ミドリが女子トイレに行くのを確認する人間が必要だ」

エンジェルが、マーカーをくるりと指で回し、全員の顔を見た。

「確認するって言っても……ミドリにバレたら意味ないんやろ？」

清子は見取り図を眺めながら訊いた。廊下にはうまく身を隠せる適当な場所がない。

「もちろんだ。ミドリに見つからないよう張り込みを続けなければいけないぞ。まずは最初の難関だな」

エンジェルがマーカーの先で清子の顔を指した。

「いきなりハードルが高えなあ」

太郎が苦虫を嚙み潰したような顔になる。

「ちょっと貸して」マモルがエンジェルの手からマーカーを奪った。「ここに、自動販売機があったよな」

マモルがトイレの斜め前に自動販売機を描き込んだ。

「うん！　あった！」太郎が指を鳴らす。「オレ、缶コーヒーを買おうとしたんだけど無糖がなかったんだよね」

「この自動販売機で、ジュースを買ってるフリを続けていれば張り込みになるんじゃないかな？」

マモルがエンジェルにマーカーを返す。控えめだが、得意げになっている。

「ミドリに見つかるやん」清子はすかさず水を差した。「二十年経《た》ったって言ってもウチらは同じグループの元メンバーやねんで」

「だよなあ。オレなんてすぐバレちゃうよ」

太郎が、悔しそうに頭を搔《か》く。

「僕ならどうかな？　この朽ち果てた姿を見て、誰もエンジェルとは思うまい」

エンジェルが自信たっぷりに悲しい発言をする。

「エンジェル。任せたで。でも、衣装は脱いでいってな。その格好でウロウロしていたら完全な不審者やから」

「了解！」エンジェルが軍人のように敬礼した。「ミドリが女子トイレに向かったら、電話を入れるよ」

「ほんで、ウチはどうしたええの？」

「僕の電話を受けたら、すぐさま女子トイレに駆け込むんだ」

「いや、それよりも、前もって女子トイレに隠れているほうがよくない？」太郎も冴《さ》えてきた。「そっちのほうが確実だろ？　女子トイレの個室はいくつあったっけ？」

「四つやけど……」

清子は楽屋に入る前、トイレに行ったことを思い出した。テレビ局らしい清掃の行き届いた綺麗《きれい》なトイレだった。

あそこが……ミドリの死に場所になんの？

いくらなんでも酷《ひど》い。でも、胸がスカッとする自分もいる。

──清子、《故障中》と書いた紙を三つ用意して、清子が隠れている個室以外のドアに貼るんだ」

太郎が興奮気味に言った。目が爛々《らんらん》と輝いている。

「……えっ？　意味がわからへん」

「よしっ！　イメトレをやるぞ！」エンジェルが熱血体育教師のように手を叩く。

「想像力で奇跡を起こすんだ！」

まるで、鬼コーチの近藤エミみたいだ。

太郎が頷き、パイプ椅子を摑《つか》んだ。

「トイレを四つ作ってくれ」

「オッケー！」

マモルも手伝い、パイプ椅子を四つ、横一列の等間隔に並べる。

「このうちの一つに清子が隠れてくれ」

「う、うん」

当たり前だが、トイレには見えない。想像力を駆使するのだ。

《フィーバー5》のときの清子たちは、毎日、鏡張りのスタジオを超満員の武道館に変えていた。

清子は、最初はこのイメトレが苦手だった。どうしても照れが入ってしまうのだ。

メンバーと鬼コーチの近藤エミしかいないのに、「みんな、今日はウチらのために集まってくれておおきに！」と手を振ったり、「これからも《フィーバー5》を応援してね！」とお願いするたびに笑いを堪《こら》えきれなかった。

近藤エミは、そんな清子を許さなかった。般若のような顔で睨《にら》みつけ、「ふざけてたら、あんた死ぬわよ」と脅されたものだ。

まさか、あのキツいイメトレの日々が、二十年後に役に立つなんて。人生は、いつ何があるかわからない。

ここは、トイレや。トイレやねん。

清子は、気合を入れて一番端のパイプ椅子に腰掛けた。狭い部屋の黄色い壁が変形し、綺麗なトイレになっていく。芳香剤の匂いまでする。

ブランクはあってもイメトレの能力は衰えていない。

「いいか。清子が隠れている個室以外の三つの個室の前には《故障中》の紙が貼られているわけだ」

太郎が貼り紙を貼るジェスチャーをする。パントマイムが異様に上手い。

違う。太郎も幼いころに鍛えたイメトレの能力が復活したのだ。

「ウチが《故障中》の紙を作るわ。マジックとノートもあるし」

劇団の制作で必要なものはトートバッグに入っている。

「マモル、ミドリの役をやってくれ」

太郎が指示を出す。

「オッケー！」

マモルが真面目にミドリを演じ出す。これもイメトレの力だ。

「もう……いつになったら収録が始まるのよ。何、待ちなわけ？」

高飛車なミドリがトイレに現れた。

ウチは個室に隠れてる……聞こえるのは声だけや。

心臓がバクバクと鳴る。手の平に汗をかいてきた。

清子の足音が止まった。ヒールだ。

「何よ、これ？　故障中ばっかりじゃない……」

清子がコツコツと踵《かかと》を鳴らし、また歩き出す。清子の個室に近づいてきた。

「当然、ミドリは貼り紙の貼っていない個室を選ぶ」太郎の声が映画のナレーションのように響く。「ミドリがドアを開けた瞬間、ナイフでミドリを突き刺すんだ」

ドアがギギッと開いた。

清子の手に、刃が鋭く光るナイフが現れる。しかし、体は動かない。

「ど、どうやって刺せばええんよ？」

「心臓がいいだろうな。『恋のナイフで123』の要領で、突き刺せ」

エンジェルの声も聞こえた。

もちろん、人を刺したことはないが、あのダンスならできる。

清子は洋式便器から立ち上がり、目の前にいるミドリの胸にめがけてナイフを突き立てた。

だが、緊張で各関節の動きが固くて、うまく腰が捻《ひね》れなかった。

「ダメだ！　そんなへっぴり腰じゃ！　体ごとぶつかるつもりでいけ！」

エンジェルの怒鳴り声が、清子を奮い立たせる。

どれだけ、あのダンスを踊ったんよ！　情けないで！

リズミカルに、キレを取り戻して、踏み込め。

ナイフがミドリの心臓に突き刺さる。充分な手応えだ。

「キャアアア！」

ミドリが悲鳴を上げ、胸を押さえながらトイレの床に倒れる。

「次は清子が自分の腹を刺せ」

エンジェルの声が指示を出すが、こればっかりは抵抗がある。

「切腹は無理やって！」

「じゃあ、足だ。太ももにナイフを突き立てるんだ」

ヤケクソだ。こういうときのためのイメトレなのだ。

清子は自分の太ももにナイフを突き立てた。脳天まで激痛が走る。

「指紋を拭き取るのを忘れるな」

エンジェルはあくまでも冷静だ。

太ももに刺さったナイフの柄を衣装の袖で拭き取り、清子は床に倒れた。あとは、駆けつけた警備員に伝えるだけだ。

「テンガロンハットの男が……ミドリを……」

意識を失ったふりをして、救急車で運ばれる。

12

「よしっ！　ここまで！」

エンジェルの掛け声で、ライムの香りのトイレからヤニ臭い部屋へと戻る。

悪くないイメトレだったが、まだ完璧には遠い。

「ウチ……自信ないわ」

清子は正直に言った。本物のミドリを前にすれば、必ず体が硬直するだろう。

「大丈夫だ。ナイフの扱いは体に染みついてるだろ？　『恋のナイフで１２３』のリズムを忘れるな」

エンジェルが清子を励ます。マモルと太郎も頷いた。

「そもそも、そのナイフがないやん！」

買いに行く時間がないし、買った店で足がつくのも怖い。

「別にナイフじゃなくても構わない。先の尖《とが》った鋭利な刃物があればいいんだ」

「そんなのある？」

「あるよ！」マモルが顔を輝かせ、机の上のダーツを取った。「ぜひ、俺の相棒を使ってくれ！」

「針が小さいわ！　刺さっても痛いだけやんか！」

「オレがナイフを買って来ようか」

太郎が手を上げた。昔から、リーダーのくせに率先して雑用係に立候補した。

「その格好で行くん？」

「もちろん、着替えるよ」

「ダメだ。そんな時間はない。よく考えたら、衣装さんに怪しまれるかもしれないぞ」

エンジェルが太郎の提案を却下する。

「じゃあ、どうすればいいんだよ？」

「やはり、マモルのダーツを使うしかないな」

「だよな！」

マモルがダーツを持っていない手でガッツポーズを作る。自分の愛用品で計画に貢献できるのがよほど嬉しいらしい。

「こんなちゃっちい武器で、人殺せる？　注射ぐらいの威力しかないやん」

実行するのは清子なのだ。いくらなんでも、もう少しまともな武器が欲しい。

「いや、使いようによっては強力な武器となる」

エンジェルが、マモルの手のダーツをまじまじと眺めて言った。

「はあ？　ツボを突くとか言わんといてや」清子はなんとか苛《いら》つきを堪えて言った。

「逆に健康になってまうやんか」

「ダーツの先に、毒を塗るんだよ」

全員が、ハッとしてエンジェルを見た。

「毒殺か……」太郎が呟く。「それだったら、ミドリの体にダーツが刺さりさえすればいいのか」

「イエス」エンジェル、勝ち誇った顔で人差し指を立てる。「致命傷を与えるのはダーツじゃない。毒だ」

「そ、その毒はどこにあるんだよ？」マモルがダーツの先を指す。「ここに絵の具を塗っただけじゃ死なないだろ？」

「もちろん、毒は用意しなければならないがな」

「毒がなかったら、話にならへんやん」

ナイフを用意するだけでも難しいのに、即効性の高い毒なんてどこを探せばいいか見当もつかない。

「何だよ……せっかく全国二位の腕を披露できると思ったのに」

マモルが残念そうに言った。

「毒ならあるぞ」

太郎が長机の上に放置してあった弁当箱を取った。

「はあ？　どこにあんのよ？」

「これだよ」

太郎が手にしたのは、小さな袋だった。

「からし？」

さっき、エンジェルがイメトレで使ったのと同じものだ。

「そんなもの、どうやって使うんよ」

「イメトレしてみようか」

太郎がエンジェルの真似《まね》をして言った。

「またイメトレするのかよ」

マモルがうんざりした顔を作るが、口元は緩んでいる。久しぶりにみんなでするイメトレが楽しいのだ。

「みんなこのテレビ局までは何で来た？」

太郎が、三人に訊いた。

「何の乗り物で来たかってこと？」

「そうだ」

「……ウチは電車やけど」

貧乏劇団員が車を持っているわけがない。

「俺も電車」

マモルが手を上げた。

「だよな。くそっ」太郎が毒づいた。「タクシーを使うしかないか。どうせ、エンジエルも電車だろ?」

「ハーレー・ダビッドソンだ。仕事で使うから」

エンジェルがあっけらかんと答えた。

「だから、どんな仕事やねん!」

いい加減、ツッコミを入れるのも疲れた。いくらイメトレが得意でも、エンジェルがハーレーに跨《また》がっている姿は浮かばない。

「よし。ハーレーを使おう。清子、ミドリ役をやってくれ」

太郎がテキパキと指示を出した。とっくにリーダーの勘は取り戻しているようだ。

「ウチ?」

「これはミドリの車だ。運転して」

太郎が椅子を一つ横一列から前に出し、有無を言わさず清子を座らせた。

「う、うん」清子は戸惑いながらもミドリの運転をイメージする。「ミドリのことやから、高級車に乗ってるやんな?」

「ミドリの愛車はたしかオープンカーだよな。ネットのまとめサイトで見たことがある」

太郎がエンジェルに訊いた。

「ポルシェ356スピードスターだ」

エンジェルが、案の定あっさりと答えた。この男は、どこまで、ミドリに詳しいのだろうか。

ミドリのことだけではない。《フィーバー5》の元メンバーたちの人生まで洗い出している。

エンジェルの目的は何なんよ……。

ミドリへの復讐だけではなく、他の狙いがあるような気がしてきた。

「イメトレに集中しろ！　エンジェル、マモル！　収録終わりのミドリをハーレーで尾行するんだ！」

太郎が、活《い》き活《い》きとした声で言った。

清子も体の底から力が漲《みなぎ》るのを感じていた。ハードルが高い試練に挑戦はしているが、ここには自分の能力を最大限に生かせる居場所がある。

日々の生活で何よりも辛《つら》かったのは、本気を出せる機会が皆無だったことだ。

マモルとエンジェルが俊敏な動きで、パイプ椅子を縦に並べた。前にエンジェル、後部シートにマモルが乗った。

セットはパイプ椅子だけの即興芝居。もし、今の状況を劇団員たちが見たら間違いなく苦笑する。プライドの高さだけで座長をやっている彼氏なら悪態をつくかもしれない。

でも、彼らには決して辿《たど》りつけない境地がある。イメージという無限の世界での途方もなくスケールの大きい演技体験だ。

子供のころから何度となく厳しいイメトレを繰り返してきたミドリが、大作映画のアクションを軽々とこなせるのも当たり前なのだ。ルックスの良さだけでのし上がってきたタレント兼女優に負けるわけがない。

「エンジンをかけろ！　ここは首都高速だ！」

太郎の合図で、部屋の壁が消えた。真夜中の首都高速。鋭い夜風が清子の頬に当たる。

時速百二十キロ。怖いもの知らずのミドリならこれくらいのスピードはデフォルトだろう。

「ミドリの車に追いつき、横並びになるんだ！」

エンジェルとマモルのハーレーが、低いエンジン音を唸らせ、清子が演じるミドリの真横に来る。

ミドリは、ハーレーに乗っている二人がかつての仲間だとは気づかない。眼中にないのだ。頭の中は、次回作の映画の役作りでいっぱいなのだ。

くだらないバラエティーの番宣なんて出たくないわ……。

ミドリの心が手に取るようにわかる。映画のためだとはいえ、ストレスがたまる一方だ。

早くハリウッドに行きたい……世界に挑戦したい……。

いつでも貪欲《どんよく》に最高の結果を求める。《フィーバー5》のときからのミドリの生き方だ。

「並んで走ってどうすんだよ！」

マモルが、太郎に指示を仰ぐ。太郎はナレーションであり、演出でもある。

「マモル！　ダーツの先にからしを塗れ！」

マモルは言われたとおりにダーツの先にからしをつけた。

「塗ったぞ！」

「そのダーツをミドリに向けて投げるんだ！」

「何だって？」

マモルがハーレーのうしろで怯《ひる》んだ。

「ミドリの目に命中させろ！」

「む、無理に決まってんだろ！　何キロで走ってると思うんだよ！」

室内競技のダーツに、当然ながら風の影響などない。それに比べ、首都高速の上を猛スピードで走るスポーツカーとハーレーの間には突風が吹き荒れている。どれだけのダーツの達人であってもコントロールするのは不可能だ。

「無理とか言うな！」

しかし、太郎は引き下がらない。

「でも！」

マモルが弱気になる。

「でも、とか言うな！《フィーバー5》に不可能はねえ！」

そうだった。平均年齢十歳の《フィーバー5》は、何度も奇跡を起こした。

13

最後の奇跡を今でも覚えている。

武道館での解散ライブのバックステージで、ミドリが泣いた。清子たちは驚き、ひどく動揺した。これまで、ミドリが涙を見せたことなどなかったからだ。

「バラバラになっても、また会えるよね」

ミドリは清子の手を握り、弱々しい声で言った。

「会えるに決まってるやん。いつでも遊ぼうや」

「なあ、みんなでカラオケ行こうぜ」マモルが必要以上に明るく振る舞う。「自分たちの映像観《み》ながら歌うんだ。ウケるだろ？」

「芸能界を引退したのに歌うのはダルいって」太郎が偉そうに毒づく。「みんなで草野球チーム作ろうぜ」

「五人しかいないよ」

エンジェルが微笑《ほほえ》んだ。

「オレたちはでもぜってー負けねえんだよ！」

太郎が武道館の天井に向かって中指を立てた。

ウチもそう思っててん。《フィーバー5》は無敵やもん。

「清子、何かギャグをやってくれよ」

マモルが手を合わせてお願いした。

「今？　この空気で？」

「ミドリを笑わせて、元気にしてくれ」

「絶対、スベるやん」

「リーダーのオレからも頼む」太郎も揃《そろ》って手を合わせた。「清子は《フィーバー5》のムードメーカーなんだから大丈夫だって」

「おかしいやろ……」

だけど、うつむいて肩を震わせているミドリを放ってはおけない。

「清子、見せてやれよ。君の力が必要なんだ」

エンジェルがウインクをする。

好きな男に言われたら腹を括《くく》るしかない。解散ライブを最高にするためにはボーカルのミドリがパワフルでなければならないのだ。

清子は、ミドリの手を放してその場でしゃがみ込んだ。

な、何をするつもりだ」

ャグは見たことねえぞ」

が期待感を高めて身を乗り出す。

の短距離走の選手の真似をして両手を広げて床に手をつき、ク腕を浮かせた。

「は、走る気なのか？」

「走ってどこに行くんだよ」

マモルと太郎がさらに盛り上がる。

ミドリはポカンと口を開けている。

「ヨーイ、ドン！」

清子は自ら掛け声を上げ、エンジェルの前に飛び出した。

エンジェル、ごめんやで。《フィーバー5》のためやから……。

低い姿勢のまま突進し、頭をエンジェルの股間にめり込ませた。

「嘘……」

エンジェルが呻《うめ》き声を漏らし、股間を押さえてヘナヘナと倒れる。

マモルと太郎が爆笑した。いつもナルシスト全開のエンジェルの情けない姿がたまらないのだ。

ミドリを見た。真顔になり、涙は止まっている。
ス、スベったやん！
「ありがとう」

いつものミドリに戻っていた。いや、いつも以上に全身からオーラが滲《にじ》み出ている。

エンジェルは倒れながらも、清子に向かって親指を立てた。

本番が始まった。ミドリのパワーに武道館が揺れた。清子たちは必死でついていった。

信じられないことに、《フィーバー5》の五人と何万人もの観客の呼吸が重なった。

何百回もステージに立ってきて、初めての経験だった。誰しもが、この場所にいる奇跡に感謝した。

清子は、ステージの上で、ミドリの背中を見ながら思った。

やっぱり、《フィーバー5》は無敵やん！

14

「マモル！　ダーツを投げろ！」

太郎の声に、清子の意識は首都高速のイメトレに引き戻された。

「オラアアアッ！」

ハーレーがミドリのスポーツカーを追い越した瞬間、マモルが後部シートで雄叫《おたけ》びを上げ、スポーツカーにめがけてダーツを投げた。座ってはいるが背筋の伸びた美しいフォームだ。

ダーツは風を切り裂き、運転席のミドリを襲う。いくら運動神経が飛び抜けているミドリといえども夜の闇を飛んでくるダーツは避けることができない。

ダーツがミドリの左目に突き刺さった。

「ぎゃあああ！」

容赦無い激痛とともに視界が半分奪われた。まともにハンドルを握ってはいられない。コントロールを失ったスポーツカーがスピンをして、中央分離帯に激突する。

フロントガラスが割れ、破片が飛び散る。全身が麻痺《まひ》してシートベルトすら外せない。意識が遠のく……ガソリンの臭い……。

火が点《つ》いた。爆発。激しい炎がミドリを包み込んだ。皮膚が焦げる臭いまでリアルに再現される。

「ドッカーン！」

太郎の声で、高速道路の景色が消えた。

気がつくと清子はパイプ椅子から転げ落ちていた。全身にぐっしょりと汗をかいている。

「この作戦でどうだよ！」

　太郎がまた少年の顔になる。

「まったく完全犯罪ではないけどいいんじゃないか」

　エンジェルが珍しく他人の意見を認めた。

「ハリウッド映画みたいだったな」

　マモルが顔を紅潮させて言った。愛用のダーツを大切に握りしめている。

「下北の小さい劇場も満員にできひんのに、ハリウッド映画なんて笑わすわ」

　清子は立ち上がり、衣装についた埃《ほこり》を払った。

「いいじゃねえかよ。ハリウッド上等だよ」太郎がムキになる。「ミドリに勝つためには、それぐらいしなきゃダメだろ」

「そのとおりだ。相手はあの大庭ミドリなんだからな」エンジェルが太い腕を組む。

「だが、まだ終わっていない。ダーツでミドリを倒したとしても警察の追手から逃げなくちゃいけない。派手なカーチェイスをやらかしたんだからな」

「どうすればいい？」マモルが焦る。「ハーレーで逃げ切れるのか？　パトカーに囲まれたら終わりじゃん！」

「……オレが助けに行こうか？」太郎がおずおずと手を挙げた。「ヘリコプターの免許なら持ってるから」

「ヘリ⁉　マ、マジかよ！」

マモルが素っ頓狂な声を出した。

「オレ……嫁さんが死ぬまでは自衛隊にいたんだよね。一応、戦闘機の操縦の訓練も受けたよ」

太郎が照れ臭そうに言った。

「戦闘機って、一応とかいうレベルとちゃうやろ」

やはり太郎は優秀だったのだ。ミドリにさえ人生を狂わされなければ……。

「今はパン工場で働いてんだよな」

マモルが切なげに呟く。

「うん」太郎が頷く。「でも、雇ってくれた工場には感謝しているよ。シフトのわがままも聞いてくれるし。オレ、一人で勝手に現状を辛いと悩んでいたけど、お前らに会えてなんか吹っ切れた」

「ウチらも不幸やから？」

「違う」太郎が首を横に振った。「オレたちは《フィーバー5》のせいで、勝手に幸せのハードルを上げていただけなんだよ」

「偉いぞ。よくぞ、言ってくれた」

エンジェルが優しく太郎の肩に手を置いた。感極まったのか、心なしか目が潤んでいるように見える。

「オレが自衛隊の駐屯地に忍び込んでヘリを拝借してくる。ミドリを倒したお前たちを助けに行ってやるよ！」

「イメトレだな！」

マモルとエンジェルが、ふたたび、パイプ椅子のハーレーに乗った。

きっと、これが最後のイメトレになる。

清子は、夜の東京の上空を飛ぶヘリに乗っていた。パイロットは太郎だ。

「清子！　あいつらは見つかったか？」

「いたわ！」

タラップに足をかけて身を乗り出し、双眼鏡で首都高速を確認する。エンジェルとマモルのハーレーが、パトカーの大群を引き連れて爆走している。

「どこだ？」

「十時の方向よ！　降下して！」

「ラジャー！」

ヘリがいきなりグンと高度を下げた。清子は振り落とされそうになって懸命にバーにしがみつく。

なんちゅう荒い運転なんよ！

東京の夜景が迫ってくる。どうせなら、素敵な彼氏と観たいものだ。今はとてもじゃないけれど、ロマンチックな気分にはなれない。

「マモルー！　エンジェール！」

清子は絶叫して手を振った。高速道路は目の前で、二人まで距離は五メートルしかない。

「清子！　遅いぞ！」

ハーレーの後部シートのマモルが気づいた。

「ごめんね！　デートやったんよ！」

太郎が神業的なテクニックでさらに高度を下げる。もう、高速道路はすぐそこだ。

清子が命綱の安全を確認し、手を伸ばした。

「捕まってー！」

清子は必死で手を伸ばした。二人を無事に救出できなければ、ミドリへの復讐は失敗と同じだ。

マモルも宙に手を伸ばす。

「太郎、もっと右や！　ちゃう！　行き過ぎやって！」

「ちくしょう！　UFOキャッチャーじゃねえんだぞ！」

マモルの指先が何度も触れそうになるが、ヘリが揺れてすぐに一メートルほど離れてしまう。

「オラアア！」

覚悟を決めたマモルがハーレーの後部シートに立ち、自ら飛んだ。

届け！

景色がスローモーションのようにゆっくりと流れる。武道館でも体験した〝ゾーン〟だ。集中力が限界を突破したときに脳が高速で回転する。あのときの《フィーバー5》は〇・一秒のズレもなく踊っていたにも拘《かかわ》らず、観客の一人一人の表情まで確認できた。

奇跡は起こる。諦めないで、自分を信じ抜けば。

清子は、マモルの手をがっちりと繋《つな》いだ。右肩にガクンと強い負荷がかかる。

絶対に仲間は放さない。

ビル風に煽《あお》られ、ヘリが斜めに傾いた。マモルの手が滑りそうになる。

女の力ではどうにもならない。

「ぐおおおっ！」

マモルが歯を食いしばる。爪が清子の手首に食い込んだ。ヘリに引き上げたいが、女の力ではどうにもならない。

「僕を置いていくなー！」

ハーレーを運転していたエンジェルが振り返る。

マモルが清子の腕を摑んだまま、エンジェルに手を伸ばした。

「エンジェール！　手を伸ばすんだー！　お前だけ捕まりたいのかよ！」

「エンジェル！　はやくしてやー！」

清子も叫んだ。手が痺《しび》れてマモルを落としてしまいそうだ。

「僕は高所恐怖症なんだよー！」

エンジェルが泣きそうな顔で絶叫する。

「知らんわ！」

すべての苦難やプレッシャーはイメトレで乗り越えなくてはいけない。今となっては信じられないが、《フィーバー5》のデビュー当時のミドリは対人恐怖症だった。歌唱力やダンスは飛び抜けていたが、人前に出ることができなかった。

ミドリは自分の壁を突破した。何度も何度も、スーパースターになった姿のイメージを繰り返して、少しずつ一歩ずつ理想に近づき、頂点を手にしたのだ。

「南無三！」

エンジェルがハーレーのハンドルを放し、上空のマモルに向かって手を伸ばした。

しかし、そう簡単に摑めるはずもない。

「ヤべえ！」太郎が叫んだ。「高速がカーブだ！　このままじゃ目の前のビルに衝突するぞ！」

「カーブを曲がればええやんか！」

こっちはマモルだけでギリギリなのだ。

「曲がり切れねえから言ってんだろ！」

「エンジェルー！」清子は真下の首都高速に向かって叫んだ。「マモルに飛びついてー！」

「む、無理だよ！」

エンジェルがまたハンドルを握り、運転に戻っている。

パトカーの大群たちはとっくにハーレーに追いつき、走りながら包囲しようとしている。囲まれたら、ジ・エンドだ。

「無理とか言うなや！」

清子は喉が千切れるくらい怒鳴った。

「でも！」

「でもとか言うなや！　《フィーバー5》に不可能はないねん！」

「それを言われると、やるしかないだろうがああ！」

エンジェルが雄叫びを上げて飛んだ。マモルが長い腕を伸ばし、エンジェルの手をしっかりと捕まえる。

「よっしゃ！　太郎、高度を上げて！」

「ラジャー！」太郎が操縦桿《そうじゅうかん》を目一杯に引く。「これでひと安心だぜ！　東京湾が見えてきたぞ！」

「海に出てどうすんのよ！」

手が痺れて感覚がない。肩も抜けそうだ。

「逃亡用のボートを用意してる！」

「さすがリーダー！　準備万端やね！」

湾岸のオフィス街を通り過ぎ、港へと出た。ライトアップされたレインボーブリッジが見えたが、さすがにウットリはできない。

「ダ、ダメだ！」

マモルが絶望的な顔で言った。

「何がダメなんよ!」

「エンジェルの手がヌルヌルする!」

「ごめん!　汗っかきなんだ!」

「マモル!　エンジェルの手を放したらあかんで!」

「ヌルヌルするー!」

マモルの手から、エンジェルがヌルリと抜け落ちた。

「うわああああ!」

エンジェルが落下した。

イメトレは都合のいいことばかりでは意味がない。常に起こりうるピンチを想定するのだ。《フィーバー5》のとき、鬼コーチの近藤エミはスタジオで、「ロリコンの変質者がステージに登って抱きついてくるかもしれないわよ!　照明機材が頭に降ってくるかもしれないし、足元に釘が落ちているかもしれない!　死にたくなければ集中のアンテナを三六〇度に張りなさい!」と怒鳴り散らしていた。子供たちに、「気を抜けば死ぬわよ!」と連呼するなんて狂気の沙汰だ。それだけ、真剣勝負だったのかもしれないが。

「エンジェール！」

　空中でもがくエンジェルが、みるみると小さくなっていく。

「ヘリコプターに常備してあるパラシュートを使えー！」

　太郎がヘリを急降下させながら指示を出す。

「さすがリーダー！　めっちゃ準備万端やね！」

　ミスの確率が高いのなら、そのミスを帳消しにする代案を用意すればいい。大切なことはみんな《フィーバー5》で学んだ。

　清子はマモルを引き上げ、一旦、ヘリに乗り込んだ。すぐさま、コクピットのうしろにあったパラシュートをマモルに背負わせる。

「マモル、任せたで！」

　清子は、マモルの背中を叩いて合図を出した。マモルが親指を立てたあと、ヘリコプターからダイブする。マモルは小心者だけど、仲間のためなら体を張る。よく、レッスンのときにメンバーをかばって近藤エミからビンタされていた。

　マモルが体を真っ直ぐに伸ばして、頭から猛スピードでエンジェルに接近していく。

　もう少しや……もう少し……追いついた！

「エンジェル！　マモルに捕まって！」

清子の声が届くはずはないが、エンジェルがマモルにしがみついた。

「マモル！　今だ！」

太郎がヘリの体勢を立て直しながら叫ぶ。

パラシュートが開いた。マモルとエンジェルがゆっくりと降りていく。

「……やっと終わった」

疲れ果てた清子は、ぐったりと膝をついた。

「まだ終わってねえ！」太郎がイメトレの続行を宣言した。「湾岸沿いの高層ホテルの屋上から特殊部隊のスナイパーがマモルとエンジェルを狙っている！」

「いくらなんでも、アクション盛り込みすぎちゃう?」

さすがに苦情を出した。

「バカ野郎！　ミドリに勝つためには、これぐらいドラマチックな人生じゃなきゃダメなんだよ！　清子、スナイパー役をやれ！」

最後のイメトレが終われば、またみんなはバラバラになり、互いの人生を歩んでいく。それをわかっているから、太郎は終わりたくないのだ。

「ウチに任せんかい！」

昔から、悪役は得意だった。《フィーバー5》のイメトレのときも、ミドリに襲いかかる変質者や、ロケを邪魔するチンピラの役をやらされた。たぶん、演じる喜びはあのときに覚えたのだろう。

目の前の映像が、ヘリからホテルの屋上へと切り替わる。

パラシュートまでの距離はかなりある。九百メートル……いや、一キロ先だ。しかも、海上の風も邪魔だ。

ウチはプロのスナイパーや……オリンピックの金メダリスト級の腕の持ち主や。

清子の手に狙撃用のライフルが現れた。ホテルの屋上で伏せ、スコープを覗く。

安堵《あんど》の表情のエンジェルが、どアップで映る。

清子は小さく息を吐き、引き金を絞った。

鋭い銃声。反動でライフルが肩に食い込む。

……外れた。風向きと風速の計算が甘かった。

ムカつくことに、エンジェルがあかんべーをして挑発する。

避《よ》けれるもんなら、避けてみろや!

清子は、立て続けに連射した。

「清子、二人を殺すなよ」太郎の演出の声が聞こえた。「警察は、ミドリを殺した犯人を逮捕するのが仕事なんだからな!」

マモルとエンジェルがわざと空中で体を捻り、パラシュートを揺らして照準を合わせにくくしている。

当てれるもんなら、当ててみやがれって態度やね。

清子は鼻で笑った。

「殺すなよ！」

太郎が命令する。

「わかってるって」

ゆっくりと引き金を絞った。銃声。

清子は、銃口から発射されたライフルの弾の視点になり、二人に急接近した。スナイパーはお役御免だ。

弾は、見事に命中した。

「え？　当たってねえぞ。エンジェル！　撃たれたのか？」

マモルがパラシュートに吊《つ》られながら体のあちこちを触る。

「僕も当たってないぞ！」

清子は、もう一度鼻で笑った。

あんたらとちゃう。違うものを狙ったんや。

パラシュートのロープがブツリと切れる。

「ウソだろーー！」エンジェルはマモルに抱き付きながら再び落下した。「ぼ、僕は泳げないいんだーー！」

「俺もだよーー！」

二人が同時に海に落ちた。溺れて海水を飲み、ブクブクと沈んでいく。

「今、助けに行くぞ！　ヘリコプターはもういらねえ！」

太郎が、ヘリコプターを乗り捨て、海に飛び込んだ。

無茶苦茶だ。完全に悪ノリしている。

でも、映画はありえないシーンを連発で観させてくれるから楽しい。高校生がタイムスリップをして自分と同い年の両親に出会って母親に惚《ほ》れられたり、蚊の化石から科学の力で現代に恐竜が蘇《よみがえ》ったり、サングラスをかけたキアヌ・リーブスが背中を反らせて銃弾をよけたり、主役級のヒーローが寄せ鍋みたいに集まって世界の危機を救ったりするからワクワクする。

あまりにも辛い現実をひとときでも忘れさせるために、映画スターやアイドルは存在するのだ。

清子は真逆だった。自分が世に認められて芸能界で売れることしか考えずに努力を続けていた。自分の人生だけがうまくいってないと拗《す》ねていた。

太郎が海の奥深くに潜って二人を助けに行こうとする。墜落したヘリのライトが海の中を怪しいムードに照らしていた。

カーチェイスに、空でのアクション、そして水中でのピンチ。スピルバーグですらゲップが出そうなくらいに盛りだくさんだ。

太郎は岩の陰に何かを発見して、パニックになる。

「巨大なタコだー！」

口から泡を出し、マモルとエンジェルを置いて逃げ出そうする。

もしかして……ウチがタコをやんの？

何度も悪役をこなしてきたが、タコはスケールが大きいのか小さいのかわからない。

「とてつもなく……ゴボゴボ……巨大なタコが……ゴボゴボ……襲ってきたー！」

太郎が説明ゼリフを言いながら、必死で海面まで上がろうとする。

……はいはい。やればええんやろ、やれば。

ウチは女優や。何だって、演じたるわ！

岩の陰から、巨大なタコが現れた。小型の船なら、あっという間に海の奥底まで引き込むほどの怪物だ。

タコの触手が伸び、太郎の体に巻き付いた。抵抗する暇を与えず、メキメキと全身の骨を砕く。

次はエンジェルだ。

エンジェルは合気道で反撃しようとしたが、そもそもタコに関節はない。軟体生物の代表みたいなものだ。勝負はあっけなくついた。

タコは触手をエンジェルの首に絡み付け、小枝のようにボキリと折った。

最後に残っているのはマモルだ。

溺れながらも海面に逃げようとするマモルの足を触手が捕らえた。

往生際が悪いで……。

マモルが泳ぐのをピタリとやめた。溺れてもいない。

しまった……芝居や。騙《だま》された！

マモルがニヤリと笑った。手にはダーツを握っている。しかも、二刀流だ。

二本のダーツがタコの両目に突き刺さった。

負けた……怪物を退治したのはマモルだった。

海面に顔を出したマモルはロッキーのように両手を上げ、東京湾の空に向かって叫んだ。

「いつまで続くんだよ！」

部屋が元に戻った。全員が我に返り、ひざまずいて肩で息をしている。

「ちょっと、ド派手すぎひん？　てか、ウチに何役やらすんよ」

とても疲れた。でも、嫌な疲れではない。ここのところ、ずっと不眠が続いていたが、今夜は久しぶりにぐっすりと眠れそうだ。

「この二十年間、地味な人生だったんだ」太郎は憑《つ》き物が落ちたような顔で言った。

「ちょっとくらい派手にしてもバチは当たんねえよ」

「そうやね。現実逃避やんねんから、楽しんだもの勝ちやもんね」

「どうする？　ミドリへの復讐を続けるか？」

マモルが、満足げな顔で全員を見渡した。

「オレは、もういいや」太郎が無邪気に肩をすくめた。「疲れちゃったし。なんかスッキリした」

「清子は？」

マモルが優しい声で訊く。答えはわかっているくせに。

「ウチは復讐を続ける」

「マジかよ？」

「舞台女優としてな」

清子は、この部屋に入って初めて心の底から笑みを浮かべた。

「そうか。頑張れよ」

「マモルもダーツバーの店長頑張ってな」

「副店長だってば」

「マモルやったらすぐに店長になれる。こんだけ、イメトレできるねんから」清子は何年かぶりに本気で他人を応援した。「大ダコを倒すよりは簡単やろ?」

「まあな。わかった。俺は店長になる。約束する」

マモルが恥ずかしそうに鼻の頭を掻く。だけど、目の奥は燃えていた。

「僕も仕事を頑張るよ」

エンジェルもえびす顔で話に入ってきた。

「そろそろ教えろって」太郎が思わず笑う。「お前の仕事は何なんだよ?」

「いずれわかるさ」

「もういい。面倒くせえわ。興味ねえし」

「おいおい、その言い方は傷つくからやめろ」

全員が笑った。誰もミドリの顔を思い出しもしなかった。

　笑い終えた清子は、部屋のドアを開けた。

「ウチ、着替えてくるわ」

「収録はどうすんの？」

　マモルが心配そうに訊く。

「スタッフさんに、出演しませんって言ってくる」

「清子……」

「だって、ウチはもう、《フィーバー5》とちゃうんやもん」

　やっと言えた。ずっとわかっていたことなのに認めることができなかった。

　今日が、《フィーバー5》の本当の解散だ。

「オレも帰ろうかな。夜からパン工場のバイトがあるし」

　太郎が手を頭の上で組んで伸びをする。

「じゃあ、《フィーバー5》はミドリ一人でやってもらおうか」

　マモルは清子を見て微笑んだ。優しすぎるけど、昔よりも遥《はる》かにいい男に育っている。

　清子は着替えのために部屋を出て行こうとしたが、ふと足を止めて振り返った。

「みんな、良かったらウチの劇団の公演観に来てくれへん？　チケット、余りまくってるから」

「行くに決まってんだろ！」太郎が偉そうに言った。「リーダーのオレが引っ張ってでもコイツらを連れて行くよ」

「ありがとう」

清子は長机を元の位置に戻している三人を置いて部屋を出た。早く着替えて手伝ってやりたい。

部屋を出た瞬間、走ってきた若いＡＤとぶつかりそうになった。彼は幽霊みたいに青ざめた顔で、明らかに様子がおかしい。心ここにあらずで、ふらついている。

「収録は中止です」

「えっ？　何かあったんですか？」

「あの……ミドリさんが……」

15

ＡＤから話を聞いた清子が、ドアを開けた。

「あれ？　着替えないのかよ」

パイプ椅子を運んでいる太郎が首を傾《かし》げる。

「どうしたんだよ、清子。顔色が悪いぞ」

マモルも清子の異変にすぐ気がつき、近づいてきた。

「廊下でスタッフさんに言われてんけど……収録が中止になった……」

「えっ？　俺たちが辞退したからか？」

「ミドリが……ミドリが……」

言葉がどうしても出ない。大きな石が、喉の奥に詰まっているみたいだ。

「ミドリがどうしたんだよ？」マモルが清子の肩に手を置き、顔を覗き込む。「おい、しっかりしろって」

清子は、湧き上がるグチャグチャになった感情を堪《こら》えて言った。

「ミドリが自殺したんやって」

マモルと太郎が驚愕《きょうがく》し、大きく目を見開いたまま固まった。エンジェルはパイプ椅子に座っていて、無表情だ。

「……ギャグだよな？」太郎が声を震わせる。「清子、全然、面白くねえぞ」

「自宅のマンションで、首を吊ってんて……」

全身から力が抜けていく。天井と壁がぐにゃりと曲がり、自分がどうやって立っているのかもわからない。

「ミドリに何があったんだよ。自殺する必要なんかねえだろ！」太郎が目を真っ赤にして吠えた。「あいつはスーパースターなんだぞ！」

「ミドリは、自殺をしない」

エンジェルがポツリと言った。誰とも目を合わせず、仮面のような顔で真正面の壁を見つめている。

「そうだよな。ありえねえよな」

「ウチもそう思う。ミドリは、そんなキャラじゃない。どこまでも強くて、かっこいい女やもん」

清子の目から熱いものがこぼれ落ちた。あれだけミドリを憎んでいたはずなのに、《フィーバー5》での思い出が次々とフラッシュバックする。

ライブが成功したあと、バックステージでミドリと抱き合ったこと。ダンスの特訓のやりすぎで足首を捻挫したミドリが、テーピングでグルグル巻きにされている姿。清子のくだらないギャグに腹を押さえて笑い転げるミドリ……。

「ミドリが……信じられないよ……」マモルも泣きそうになっている。「もしかして……誰かに殺されたんじゃないのか？　それこそ、熱狂的なストーカーとか……」

「そうだ。殺されたんだ」

エンジェルが低い声で言った。視線はまだ壁の方向だ。

「何か知ってんのかよ？」

太郎が急《せ》かすような勢いで訊いた。

「もちろんだ」

「マジかよ！　誰がミドリを殺したんだ？」

「僕だ」エンジェルが首だけを動かして振り返る。「それが僕の仕事だ」

部屋の空気が、糸を張ったみたいにピンとなる。

清子はどう反応していいのかわからず、ただ、エンジェルを眺めた。銅像のように動かないエンジェルから、得体の知れないオーラが滲み出ているのがわかる。

「な、何言ってんだよ、エンジェル。こんなときに変な冗談やめろよ」

「今朝、首吊りに見せかけて僕が殺した」

「てめえ、ふざけんなって！」

太郎が怒鳴った。しかし、近づこうにも足が動かないでいる。

「ふざけてなんかいない。これが、僕の仕事だから」

エンジェルが微笑んだ。いや……泣いているようにも見える。

「エンジェルの仕事って……殺し屋なん？」

清子は勇気を振り絞って訊いた。そんな仕事が現実世界に存在するなんて信じていなかった。映画の世界だけだと思っていた。

「まあ、それに近いかな」

「今まで何人殺したんよ……」

「わざわざ数えていない」

エンジェルが首をすくめる。そこには何の感情も見えない。

突然、太郎がよろめいて床に片膝をついた。

「どうしたんだよ、太郎！」

「わかんねえ……急に気分が悪くなってきやがった……」

マモルがしゃがみ、今にも意識を失いそうな太郎を支える。

「毒が回ってきたか」

エンジェルが、パイプ椅子からゆらりと立ち上がった。

「毒って何よ？」

清子は後退《あとずさ》りながら訊いた。

「太郎の腕を切ったカッターナイフの刃に毒が塗ってあったのさ」

……毒殺？

あれはイメトレの話じゃなかったのか？　現に太郎の口から小さな泡が吹き出ている。

「何のために……太郎を殺すんよ」

「太郎だけじゃない」

エンジェルは静かに首を振った。

「え？」

「殺されるのは太郎だけじゃない」

「もしかして……ウチらも？」

エンジェルがコクリと頷き、ゆっくりと近づいてくる。

体は逃げろと警告を発しているが、太郎を置いて部屋を出ることはできない。

「今日、《フィーバー5》のメンバーが集められたのは、それが目的だったんだ」エンジェルが三人を順に見る。「君たちは殺される」

「嫌や。殺されたくなんかない。殺されなきゃいけない理由は何よ？　ウチらはただの一般人やのに」

「違う。一般人ではない」

エンジェルはもう、清子の目の前まで来ていた。

「普通の人間やってば」

「君たちは選ばれた人間なんだ」

「あんた……本当にエンジェルなん？」

エンジェルが嬉しそうに目を細めた。

「やっと気づいてくれた」

エンジェルじゃない……。ずっと成り済ましていたのだ。

「マジかよ……」

マモルが、苦しむ太郎を膝の上で寝かせながら呟く。

「何者なん？　正体を明かしいや」

「私だよ」

エンジェルがニッコリと笑い、清子にハグをした。

パニックのあまり、逃げることができなかった。しかも、エンジェルのハグからは温かい懐かしさが伝わってくる。

この感覚は……。

「私だってば」エンジェルが清子の耳元で囁《ささや》く。「ミドリだよ」

16

「なんでやねん！」

清子は、エンジェルを突き飛ばした。

「信じてくれないの？」

エンジェルの言葉遣いが変わっている。表情まで女だ。

「なわけないやん！　ミドリはあんたが殺したんやろ！」

「あの女は偽者。私が本物のミドリ」

「おい、いい加減にしないとぶっ飛ばすぞ！」

さすがに温厚なマモルもキレる。

「お願い。マモルも信じてほしいの」

エンジェルが、懇願する目で言った。

「ありえへんやろ！　ミドリと似ても似つかへん姿やんか！」

「最先端の美容外科の技術で顔と体と声を変えたからね。私、二十年前から変装が上手かったでしょ？」

あれはあくまでも変装ごっこだ。現実とは違う。

「なんで、そんなおっさんになる必要があるんよ……」

「命を狙われるからよ」

「はあ？」

「私はミドリとして生きていくことを辞めたの」

エンジェルが疲れ切った顔で肩を落とす。

「何でよ……せっかくスーパースターやったのに……」

「それは、ミドリの表の顔。ミドリは、絶対に人には言えない秘密を持っていたの。輝く光が強いほど影は色濃くなるのよ」

混乱が酷くて吐き気がしてきた。清子は壁に手をつき、落ち着こうとしたが、うまく呼吸ができない。

「ミドリの裏の顔って何だよ？」

マモルがエンジェルに問い詰める。

「政府のために働いてたの」

「へ？　せ、政府？」

「私はスパイだったのよ」

エンジェルの告白に、頭が真っ白になった。

映画『黄金の銃を持つ女』で、ミドリが六本木ヒルズを登っていたシーンが浮かんでくる。

「それは映画の話だろ？」

「違うわ。現実でも私はスパイとして活動し、暗殺もこなしてきた。国民的スーパースターになれば数々のＶＩＰとも簡単に会えるでしょ？」

エンジェルの言葉に嘘はなかった。そもそも、この状況でこんなバカバカしい嘘をつく必要はない。

「いつからよ……いつからスパイなんてやってたんよ？」

「二十年前。《フィーバー5》を解散してからよ。私だけが合格したの」

「合格？」

「《フィーバー5》は、スパイを養成するための組織だったのよ。全国から才能のある子供を集め、武道館のような大舞台に立たせて精神力を鍛え、殺しの技術を習得させる。『恋のナイフで123』を何千回も踊ったでしょ？　あれで、気づかぬうちにナイフの達人になったたってわけ」

清子が《フィーバー5》に入ったのはスカウトがきっかけだった。他のメンバーもそうだ。

「俺たちは……洗脳されてたのか？」

マモルが呆然《ぼうぜん》とエンジェルを見つめる。

「そういうことね。でも、あなたたちは運動能力やパフォーマンスの低さで不合格だった。《フィーバー5》の解散と同時に、一般社会へと戻されたのよ」

たしかに、バク転やバク宙までできたのはミドリだけだった。カリスマ性もミドリが群を抜いていた。

「エンジェルは？」清子はハッとなり、訊いた。「あんたがミドリやとしたら、本物のエンジェルはどこにおるのよ？」

「死んだわ」エンジェルが目に涙を浮かべた。「中学生のころに、イジメを苦にして自殺したの。そのときから、私はスパイとして生きることに疑問を持ち始めた。清子、ごめんね」

「な、何がよ？」

「映画監督を紹介したのは私じゃないの。あなたが私に手紙を送っていたことさえ知らなかった。私を動かしている組織がやったことなの。元《フィーバー5》の人間が、コンタクトを取ってきたことに警戒し、私を憎むようにしかけたのよ。二度と私と会わないようにね」エンジェルが深々と頭を下げて言った。「お詫びとして、あの映画監督には罰を受けさせたから」

清子は絶句した。

ミドリのせいじゃなかったんや……それやのにウチは……。

思考が追いつかない。この部屋に来てから、ミドリ本人の前で散々と悪口を並べてきた。

「映画監督の自殺は……お前がやったのか？」

マモルは怯《おび》えていたが、痙攣《けいれん》している太郎を放しはしない。

「そうよ。あの監督は映画出演をダシに、数々の女優の卵を毒牙にかけてきた。中にはノイローゼになって自ら命を断った子もいたわ」エンジェルは汚れのない目でマモルを見た。「マモルもゴメンね。あなたが刑務所に入れられたのも、組織が仕組んだことなの。毎年、私の誕生日に花を贈ってくれてたのも知らなかったの。組織は、あなたが私とコンタクトを取ろうとしてると思ったのよ」

「じゃあ、やっぱりあのダーツは……」

「私からのプレゼントよ」

マモルの顔がクシャクシャになった。嬉しさ、悔しさ、悲しさ……。色んな感情が入り混じった表情だ。

「もしかして……太郎の嫁さんを殺したんは……」

「組織よ。タクシーの運転手だったあなたの奥さんは聞いてはいけない噂を耳にしたのよ。今、テレビで活躍しているミドリというスーパースターが、数年前と別人なのではないかという噂をね。普通の人が聞いただけなら、組織も気にはかけない。でも、元《フィーバー5》のリーダーの奥さんなら話は別よ。事故に見せかけて殺し、体内にアルコールを残したの。さっき、トイレで太郎を襲ったのも組織の人間よ」

「ちくしょう……」

薄《うっす》らと意識を取り戻した太郎が、怒りに震えている。

「太郎、大丈夫か？　今から病院に連れて行ってやるからな」

「病院は無理よ」エンジェルが、集中した顔になる。「みんな覚悟はできた？」

この顔は、ライブの前のミドリの顔だ。

「何の覚悟よ？」

「私と一緒に組織と戦う覚悟よ」エンジェルの集中がますます高まる。「組織は姿を変えて失踪していた私をおびき出すために、偽の番組の企画であなたたちを集めたの。すでに、このテレビ局は包囲されてるわ」

「どうして俺たちの前に現れたんだ？」マモルがエンジェルに訊いた。「エンジェルだと名乗らずに整形したそのままの姿で、一般人としてひっそりと暮らしていれば、組織から狙われることもなかったんじゃないのか？」

「仲間を助けるためよ。私が出てこなければ、組織はあなたたちを皆殺しにするから」エンジェルが力強く言った。「あなたたちと共に戦うために戻ってきたの」

「戦えるわけねえだろ。俺たちは、お前みたいに特殊な能力を持ってないんだ」

「マモルにはダーツの腕があるじゃない。こんな日が来るかもと思って、刑務官にワイロを払ってダーツをプレゼントした甲斐《かい》があったわ。刑務所でたくさん練習したでしょ？」

「ダーツみたいなショボイ武器で敵は倒せねえよ」

マモルが自虐的に言った。

「ダーツの針に、これを塗れば強力な武器になるわ」

エンジェルが衣装のポケットから小さなカプセルを出した。

「何だよ、それ」

「ボツリヌス毒素よ」

「本当に毒を持っていたのか……」

エンジェルがやたらと毒を連呼していたわけがわかった。

続いて、エンジェルが倒れている太郎を見る。

「太郎の特殊能力は、そのずば抜けたＩＱの高さ。戦闘機を操縦するなんて並のセンスじゃできないでしょ。さっきのイメトレで、頭のキレが戻ったわね」

「あんなハリウッド映画みたいなイメトレでええの？」

「この部屋を出れば、あれに近い戦いが待ってるわ。時間がないのよ。早く決心して。戦うの？　戦わないの？　早くここから脱出して、太郎を治療しないと死ぬわよ！」

「死にたくねえよ……」太郎が顔を歪《ゆが》める。「オレには五人の娘がいるんだぞ……」

「あの……ウチの特殊能力は何？」

清子はおずおずと訊いた。

「えっと……」

エンジェルが一瞬答えに詰まる。

「ないの？」

「あるわよ。清子の特殊能力は明るい性格」

「全然、特殊ちゃうやん！」

エンジェルが慌てて首を横に振る。

「《フィーバー5》のとき、あなたはムードメーカーだった」

「普通やんか。全然嬉しくないわ」

「この暗い世の中で他人を笑わせることができるなら、それは最強の武器じゃない」

エンジェルが清子の手をぎゅっと握り締める。「武道館の最後のライブ前に清子が見せてくれたギャグ、とても面白かったよ」

覚えていてくれた。エンジェル……ミドリは《フィーバー5》を忘れていなかった。

ドアが静かに開いた。振り返った瞬間、廊下で会った清掃のおばさんがナイフで清子を突いた。

ミドリに肩を押されて体勢を崩した。ナイフの刃が、清子の頬のギリギリをかすめる。切れてはいない。間一髪だった。

「久しぶりね。ミドリ」

清掃のおばさんが言った。聴き覚えのある声……。

「近藤先生もお元気そうですね」

ミドリが清子を守るように立ち、足を広げてファイティングポーズを取る。

……近藤エミだ。二十年経っている上に清掃員の制服なので、まったくわからなかった。

「教え子に手をかけるのは忍びないわ」

「私も恩師を殺したくなかったです」

二人が微笑みあった。

勝負は一瞬だった。ミドリがマモルと太郎にかけた同じ技で、清掃のおばさんの手首を取って倒した。ナイフが落ちて床に刺さる。流れるような動きで清掃のおばさんの頭と顎を摑み、鋭く捻った。

首が折れた音が部屋に響き、清掃のおばさん……近藤エミは絶命した。

嘘やろ！

清子は仰天して、腰を抜かした。床に倒れた近藤エミが白目を剝《む》いてだらりと舌を垂らしている。

「どう？　これでわかってくれた？」ミドリが、清子とマモルと太郎を見下ろす。

「あなたたちは、負け犬なんかじゃない。組織を倒すためには、あなたたちが必要なの」

「無理だ……」

マモルが弱々しく言った。

「無理とか言うな」

ミドリが遮る。

「でも……」

「でも、とか言うな」ミドリが太郎に気合を入れる。「太郎、いつまで寝てんのよ！　あんたがリーダーだろ！」

「……ちくしょう」太郎が、マモルの手を払いのけ、よろよろと立ち上がる。「《フィーバー5》に……不可能はねえ！」

清子とマモルは、見つめ合い、互いに深く頷いた。

「清子、やるか！」

マモルが立ち上がり、手を差し伸べた。

「やったろやんけ！」

清子はその手をがっちりと摑んで立った。

「ありがとう」

ミドリが全員を見回して笑みを浮かべたあと、急いで長机の弁当の蓋を開けていく。

「ちょっと、ミドリ、何やってんの？」

テレビ局を包囲されているのに、弁当を食べている場合ではないだろう。

「みんな、手を出して」

「えっ？」

「いいから早く！」

ミドリは慎重な手つきで弁当からシュウマイを四つ取り出し、全員の手に乗せていった。

「食えばいいのか？」

太郎がシュウマイに触れようとする。

「高性能小型爆弾よ！」ミドリが鋭い声で注意した。「グリンピースがスイッチになってるから気をつけて！」

「ま、前もって仕込んでいたのかよ」

マモルが手の平にシュウマイを乗せながらへっぴり腰で言った。

「わざわざシュウマイにする必要ある？」

どこからどう見ても本物のシュウマイにしか見えないが、爆弾だと言われると手が震えてシュウマイを落としそうになる。

だから、ミドリは頑《かたく》なにシュウマイを食べさせようとしなかったのだ。

「入口に金属探知機のゲートがあるから武器を持ち込めなかったのよ。これでテレビ局を爆破させて、その混乱に紛れて脱出するわ」

無茶苦茶だけれど、ミドリならありえる。不可能を可能にする女。それが大庭ミドリなのだ。

《フィーバー5》なら奇跡は起きる。人生は映画よりドラマティックだ。

「本当にやるのかよ……緊張してきたぜ」

マモルが、相棒のダーツセットを衣装のポケットに入れながら言った。

「ドキドキする。こんな感覚久しぶりやわ」

全身の皮膚がアンテナになったみたいだ。

「あのときの……武道館みたいだな……いっちょ気合入れるか」

太郎が、シュウマイを持っていない手を伸ばす。

清子、マモル、ミドリ、そして、エンジェルが天国から降りてきて手を重ねていく。

「勇気出せよ！」

太郎が、力を振り絞り叫んだ。体は小さいけれど、頼もしいリーダーだ。

「おう！」

マモルは優しさと真の強さを持ち合わせている。

「あきらめんなよ！」

「おう！」

ミドリは、最強のスーパースターだ。

「笑顔作れよ！」

太郎が清子を見て言った。

「おう！」

人を笑わせるのは任せてや。《フィーバー5》のムードメーカーはウチしかおらへんねんから。

「フィーバー！」

「ファイヴ！」

全員が重ねていた手を上げ、五本の指を開いた。

ミドリが、持っていたシュウマイのグリンピースを指で押し、壁の側《そば》に置いた。

「みんな、外に出て！」

ミドリがドアを開ける。

全員が廊下に出てミドリがドアを閉めた途端、爆発音がして建物が揺れた。

「行くわよ！」

ミドリは再びドアを開け、全員を部屋に招き入れた。白煙を掻きわけた先に、光が差し込んでいる。

ヤニだらけの壁に、大きな穴が空いていた。二階だけれど、脱出してみせる。

清子はミドリと手を繋いで目を合わせて頷いた。

言葉はいらない。ミドリは、武道館のステージに向かう少女になっていた。

ミドリだけではない。太郎とマモル、そして清子までもが《フィーバー5》のころの姿に戻っている。

「エンジェル……」

少年時代の姿をしたエンジェルが、いつの間にか清子とミドリの間に立ち、二人と手を繋いでいた。言うまでもなく、天使のような笑みを浮かべている。

無敵の《フィーバー5》がやっと全員揃った。五人は同時に足を踏み出し、眩《まばゆ》い光に包まれた。

ハルキ文庫

き 7-1

フィーバー5《ファイヴ》

著者 木下半太《きのしたはんた》

2015年8月18日第一刷発行

発行者 角川春樹

発行所 株式会社角川春樹事務所
〒102-0074 東京都千代田区九段南2-1-30 イタリア文化会館

電話 03(3263)5247(編集)
03(3263)5881(営業)

印刷・製本 中央精版印刷株式会社

フォーマット・デザイン 芦澤泰偉
表紙イラストレーション 門坂 流

ISBN978-4-7584-3928-2 C0193 ©2015 Hanta Kinoshita Printed in Japan
http://www.kadokawaharuki.co.jp/[営業]
fanmail@kadokawaharuki.co.jp[編集]　ご意見・ご感想をお寄せください。